中學生文學精讀・汪曾祺

方星霞 編

責任編輯		張艷玲
書籍設計		任媛媛

書　　名	**中學生文學精讀・汪曾祺**
編　　者	方星霞
出　　版	三聯書店（香港）有限公司
	香港北角英皇道 499 號北角工業大廈 20 樓
	Joint Publishing (H.K.) Co., Ltd.
	20/F., North Point Industrial Building,
	499 King's Road, North Point, Hong Kong
香港發行	香港聯合書刊物流有限公司
	香港新界大埔汀麗路 36 號 3 字樓
印　　刷	美雅印刷製本有限公司
	香港九龍觀塘榮業街 6 號 4 樓 A 座
版　　次	2018 年 8 月香港第一版第一次印刷
規　　格	特 16 開（150 × 210 mm）224 面
國際書號	ISBN 978-962-04-4378-7

目錄

前言

　　一九九五年五月，汪曾祺編的《中學生文學精讀・沈從文》由香港三聯書店出版。選集輯錄了他的老師沈從文的小說四篇：〈邊城〉、〈牛〉、〈丈夫〉和〈貴生〉。這一年，汪曾祺已是七十五歲老人了。兩年後，他也隨着老師告別人間。時間一晃，二十多年過去了，今年三聯書店將出版《中學生文學精讀・汪曾祺》，我很樂意接受這項編選工作。

　　編完後，為了寫〈前言〉，特意找來《中學生文學精讀・沈從文》，看看汪老怎麼寫前言。展讀之下，百感交集。當年汪老寫該卷〈前言〉的時候，可曾想過多年後他自己的作品也被編入同一套叢書呢？由他來選沈從文的小說再合適不過，他對老師的人生經歷、文學觀念瞭如指掌，對老師的情誼亦溢於言表。作為晚輩的我，從未親炙過汪老的教誨，只能望塵莫及。汪曾祺是我碩士階段的研究對象，專著也在兩年前出版了。但是，我又何曾認識、理解汪老呢？我與他素未謀面，他去世之際我還是名中學生。然而，我又何曾不認識他呢？難道小說、文章裡的他就不是他嗎？在此，我願意老老實實跟同學講講我所知道的點點滴滴。

　　在研究文學史的人眼裡，汪曾祺是「中國現代文學的短篇小說大師」，是「新時期筆記體小說先鋒」，是「京派抒情散文的後繼者」。在

我眼裡，最傳神則是「中國式的抒情的人道主義者」這一夫子自道。

汪老出生在江蘇高郵，一個歷史悠久、文化氣息濃郁的古城。說得活潑生動一點，就是盛產雙黃鴨蛋，離六朝煙水籠罩的南京不遠的那個小縣城。高郵是個水鄉，除了京杭大運河的潤澤外，還有富饒的高郵湖，水產豐富。三、四十年代的高郵，尚未開發，民風淳樸，汪曾祺就是在這樣的環境下成長的。汪家在當地頗有名氣，久享素封，不愁吃穿。祖父汪嘉勳是清朝末科拔貢，後來在鎮上開了兩家藥店：「萬全堂」和「保全堂」。父親汪菊生多才多藝，愛好音樂、書畫、印章、養花、養蟋蟀，還做各種手藝、運動。最重要的是，他是一個愛孩子的父親。汪曾祺身上的藝術氣質，大概是受到父親的濡染。汪曾祺雖然在新式學堂上學，但古典詩文功底深厚，除了祖父的教導，父親還聘請鄉里名師傳授《史記》、桐城派古文及書法。汪氏童年生活的面貌在這本集子裡的〈自報家門〉、〈多年父子成兄弟〉兩篇文章中均有交代。

一九三九年，也就是抗日戰爭爆發後的第二年，汪曾祺考上西南聯合大學中文系，受教於朱自清、聞一多、沈從文、卞之琳、陳夢家等著名學者。就在沈從文的小說創作課堂上，汪曾祺展開其文學創作的道路，而早期多篇小說都是在沒有圖書館自修室的條件下「泡茶館」寫就的。關於汪老這段時期的經歷，本書特意選了三篇散文，好讓同學了解那段戰火歲月中珍貴的片刻安寧。

汪曾祺其後的寫作生涯也並不平坦，從時間上看，斷斷續續可概括為「四十年代」、「六十年代」、「新時期」（八、九十年代）三個階段，其中有兩段長達十多年的創作空白期。從地域上看，汪老一生住過高郵、昆明、北京、張家口、上海、武漢幾個地方，小說取材最多的當屬高郵、昆明及北京。除了寫自己的小說和散文，汪曾祺在「文革」期間還參與創作了若干部膾炙人口的京劇「樣板戲」，如《沙家浜》、《杜鵑山》等。

每種選集都有宗旨，本書也不例外。本編主要輯錄汪曾祺「新時期」前期，亦即八十年代的著作。因為汪氏此前的作品不多，常運用現代派創作技巧，主題不易掌握；此後的作品偏向書寫人性之醜陋，主人公命運悲慘。本編的宗旨，就是展現作家作為「中國式的抒情的人道主義者」的一面，也就是他八十年代反復強調「小說要有益於世道人心」的真諦。他說：「我想給讀者一點心靈上的滋潤。杜甫有兩句形容春雨的詩：『隨風潛入夜，潤物細無聲。』我希望我的小說能產生這樣的作用。」現代人生活節奏急促，我們的心太久沒有停下來好好欣賞這個世界了。汪曾祺領着我們一路走來，發現生活之美。這裡有高郵淳樸的民風，有小和尚明海和村姑小英子兩小無猜的愛情，有果販葉三與畫家季匋民之間深厚的友誼，有戴車匠物我兩忘藝術般的手藝；這裡還有昆明街頭調皮的賣糕點小孩，有跑警報時無畏無懼從容不迫的群眾，以及用泡茶館的辦法化解無處安身之苦的聯大學生。他們的生活超越了世俗的功利，昇華為藝術般的存在。除了妙運減筆勾勒人物，汪老的文章也常樂於談談瓜果飲食，講講草木之情，聊聊語言之美。希望同學在合上這本書的時候，能從中獲得「一點心靈上的滋潤」，學會敞開心扉，欣賞身邊的人與物。

方星霞

二〇一八年五月

小說

明海身上有一種從來沒有過的感覺，他覺得心裡癢癢的。

這一串美麗的腳印把小和尚的心搞亂了。

受戒

【題解】

〈受戒〉是汪曾祺的代表作,就像〈邊城〉之於沈從文。一九八〇年,這篇小說在《北京文學》十月號發表,隨即引起廣泛的討論,深深影響新時期的小說發展。為什麼呢?因為當時「文革」剛剛結束,文壇盛行感傷煽情的「傷痕文學」與慷慨激昂的「反思文學」,這篇小說卻着力營造一幅幅清朗的意境,訴說水鄉小鎮中小和尚和村姑朦朦朧朧的戀情,讀之讓人精神一振。

【文本】

明海出家已經四年了。

他是十三歲來的。

這個地方的地名有點怪,叫庵趙莊。趙,是因為莊上大都姓趙。

叫做莊，可是人家住得很分散，這裡兩三家，那裡兩三家。一出門，遠遠可以看到，走起來得走一會兒，因為沒有大路，都是彎彎曲曲的田埂。庵，是因為有一個庵。庵叫菩提庵，可是大家叫訛了，叫成荸薺庵。連庵裡的和尚也這樣叫。「寶剎何處？」——「荸薺庵」。庵本來是住尼姑的。「和尚廟」、「尼姑庵」嘛。可是荸薺庵住的是和尚。也許因為荸薺庵不大，大者為廟，小者為庵。

　　明海在家叫小明子。他是從小就確定要出家的。他的家鄉不叫「出家」，叫「當和尚」。他的家鄉出和尚。就像有的地方出劁豬的，有的地方出織蓆子的，有的地方出箍桶的，有的地方出彈棉花的，有的地方出畫匠，有的地方出婊子，他的家鄉出和尚。人家弟兄多，就派一個出去當和尚。當和尚也要通過關係，也有幫。這地方的和尚有的走得很遠。有到杭州靈隱寺的、上海靜安寺的、鎮江金山寺的、揚州天寧寺的。一般的就在本縣的寺廟。明海家田少，老大、老二、老三，就足夠種的了。他是老四。他七歲那年，他當和尚的舅舅回家，他爹、他娘就和舅舅商議，決定叫他當和尚。他當時在旁邊，覺得這實在是在情在理，沒有理由反對。當和尚有很多好處。一是可以吃現成飯。哪個廟裡都是管飯的。二是可以攢錢。只要學會了放瑜伽焰口，拜梁皇懺，可以按例分到辛苦錢。積攢起來，將來還俗娶親也可以；不想還俗，買幾畝田也可以。當和尚也不容易，一要面如朗月，二要聲如鐘磬，三要聰明記性好。他舅舅給他相了相面，叫他前走幾步，後走幾步，又叫他喊了一聲趕牛打場的號子：「格噹嘚 ——」，說是「明子準能當個好和尚，我包了！」要當和尚，得下點本，——唸幾年書。哪有不認字的和尚呢！於是明子就開蒙入學，讀了《三字經》、《百家姓》、《四言雜字》、《幼學瓊林》、《上論、下論》、《上孟、下孟》，每天還寫一張仿。村裡都誇他字寫得好，很黑。

舅舅按照約定的日期又回了家，帶了一件他自己穿的和尚領的短衫，叫明子娘改小一點，給明子穿上。明子穿了這件和尚短衫，下身還是在家穿的紫花褲子，赤腳穿了一雙新布鞋，跟他爹、他娘磕了一個頭，就隨舅舅走了。

他上學時起了個學名，叫明海。舅舅說，不用改了。於是「明海」就從學名變成了法名。

過了一個湖。好大一個湖！穿過一個縣城。縣城真熱鬧：官鹽店，稅務局，肉鋪裡掛着成爿的豬肉，一個驢子在磨芝麻，滿街都是小磨香油的香味，布店，賣茉莉粉、梳頭油的什麼齋，賣絨花的，賣絲線的，打把式賣膏藥的，吹糖人的，耍蛇的，……他什麼都想看看。舅舅一勁地推他：「快走！快走！」

到了一個河邊，有一隻船在等着他們。船上有一個五十來歲的瘦長瘦長的大伯，船頭蹲着一個跟明子差不多大的女孩子，在剝一個蓮蓬吃。明子和舅舅坐到艙裡，船就開了。

明子聽見有人跟他說話，是那個女孩子。

「是你要到荸薺庵當和尚嗎？」

明子點點頭。

「當和尚要燒戒疤嘔！你不怕？」

明子不知道怎麼回答，就含含糊糊地搖了搖頭。

「你叫什麼？」

「明海。」

「在家的時候？」

「叫明子。」

「明子！我叫小英子！我們是鄰居。我家挨着荸薺庵。—— 給你！」

小英子把吃剩的半個蓮蓬扔給明海，小明子就剝開蓮蓬殼，一顆一顆吃起來。

大伯一槳一槳地划着，只聽見船槳撥水的聲音：

「嘩——許！嘩——許！」

…………

荸薺庵的地勢很好，在一片高地上。這一帶就數這片地勢高，當初建庵的人很會選地方。門前是一條河。門外是一片很大的打穀場。三面都是高大的柳樹。山門裡是一個穿堂。迎門供着彌勒佛。不知是哪一位名士撰寫了一副對聯：

　　大肚能容容天下難容之事
　　開顏一笑笑世間可笑之人

彌勒佛背後，是韋馱。過穿堂，是一個不小的天井，種着兩棵白果樹。天井兩邊各有三間廂房。走過天井，便是大殿，供着三世佛。佛像連龕才四尺來高。大殿東邊是方丈，西邊是庫房。大殿東側，有一個小小的六角門，白門綠字，刻着一副對聯：

　　一花一世界
　　三藐三菩提

進門有一個狹長的天井，幾塊假山石，幾盆花，有三間小房。

小和尚的日子清閒得很。一早起來，開山門，掃地。庵裡的地鋪的都是籮底方磚，好掃得很，給彌勒佛、韋馱燒一炷香，正殿的三世佛面

前也燒一炷香，磕三個頭，唸三聲「南無阿彌陀佛」，敲三聲磬。這庵裡的和尚不興做什麼早課、晚課，明子這三聲磬就全都代替了。然後，挑水，餵豬。然後，等當家和尚，即明子的舅舅起來，教他唸經。

教唸經也跟教書一樣，師父面前一本經，徒弟面前一本經，師父唱一句，徒弟跟着唱一句。是唱哎。舅舅一邊唱，一邊還用手在桌上拍板。一板一眼，拍得很響，就跟教唱戲一樣。是跟教唱戲一樣，完全一樣哎。連用的名詞都一樣。舅舅説，唸經：一要板眼準，二要合工尺。説：當一個好和尚，得有條好嗓子。説：民國二十年鬧大水，運河倒了堤，最後在清水潭合龍，因為大水淹死的人很多，放了一台大焰口，十三大師 —— 十三個正座和尚，各大廟的方丈都來了，下面的和尚上百。誰當這個首座？推來推去，還是石橋 —— 善因寺的方丈！他往上一坐，就跟地藏王菩薩一樣，這就不用説了；那一聲「開香讚」，圍看的上千人立時鴉雀無聲。説：嗓子要練，夏練三伏，冬練三九，要練丹田氣！説：要吃得苦中苦，方為人上人！説：和尚裡也有狀元、榜眼、探花！要用心，不要貪玩！舅舅這一番大法要説得明海和尚實在是五體投地，於是就一板一眼地跟着舅舅唱起來：

　　　　爐香乍爇 ——

　　　　爐香乍爇 ——

　　　　法界蒙薰 ——

　　　　法界蒙薰 ——

　　　　諸佛現金身……

　　　　諸佛現金身……

　　　　…………

等明海學完了早經，——他晚上臨睡前還要學一段，叫做晚經，——荸薺庵的師父們就都陸續起床了。

這庵裡人口簡單，一共六個人。連明海在內，五個和尚。

有一個老和尚，六十幾了，是舅舅的師叔，法名普照，但是知道的人很少，因為很少人叫他法名，都稱之為老和尚或老師父，明海叫他師爺爺。這是個很枯寂的人，一天關在房裡，就是那「一花一世界」裡。也看不見他唸佛，只是那麼一聲不響地坐着。他是吃齋的，過年時除外。

下面就是師兄弟三個，仁字排行：仁山、仁海、仁渡。庵裡庵外，有的稱他們為大師父、二師父；有的稱之為山師父、海師父。只有仁渡，沒有叫他「渡師父」的，因為聽起來不像話，大都直呼之為仁渡。他也只配如此，因為他還年輕，才二十多歲。

仁山，即明子的舅舅，是當家的。不叫「方丈」，也不叫「住持」，卻叫「當家的」，是很有道理的，因為他確確實實幹的是當家的職務。他屋裡擺的是一張賬桌，桌子上放的是賬簿和算盤。賬簿共有三本。一本是經賬，一本是租賬，一本是債賬。和尚要做法事，做法事要收錢，——要不，當和尚幹什麼？常做的法事是放焰口。正規的焰口是十個人。一個正座，一個敲鼓的，兩邊一邊四個。人少了，八個，一邊三個，也湊合了。荸薺庵只有四個和尚，要放整焰口就得和別的廟裡合伙。這樣的時候也有過。通常只是放半台焰口。一個正座，一個敲鼓，另外一邊一個。一來找別的廟裡合伙費事；二來這一帶放得起整焰口的人家也不多。有的時候，誰家死了人，就只請兩個，甚至一個和尚咕嚕咕嚕唸一通經，敲打幾聲法器就算完事。很多人家的經錢不是當時就給，往往要等秋後才還。這就得記賬。另外，和尚放焰口的辛苦錢不是一樣的。就像唱戲一樣，有份子。正座

第一份。因為他要領唱，而且還要獨唱。當中有一大段「歎骷髏」，別的和尚都放下法器休息，只有首座一個人有板有眼地曼聲吟唱。第二份是敲鼓的。你以為這容易呀？哼，單是一開頭的「發擂」，手上沒功夫就敲不出遲疾頓挫！其餘的，就一樣了。這也得記上：某月某日、誰家焰口半台，誰正座，誰敲鼓……省得到年底結賬時賭咒罵娘。……這庵裡有幾十畝廟產，租給人種，到時候要收租。庵裡還放債租、債一向倒很少虧欠，因為租佃借錢的人怕菩薩不高興。這三本賬就夠仁山忙的了。另外香燭、燈火、油鹽「福食」，這也得隨時記記賬呀。除了賬簿之外，山師父的方丈的牆上還掛着一塊水牌，上漆四個紅字：「勤筆免思」。

仁山所說當一個好和尚的三個條件，他自己其實一條也不具備。他的相貌只要用兩個字就說清楚了：黃，胖。聲音也不像鐘磬，倒像母豬。聰明麼？難說，打牌老輸。他在庵裡從不穿袈裟，連海青直裰也免了。經常是披着件短僧衣，袒露着一個黃色的肚子。下面是光腳趿拉着一雙僧鞋，—— 新鞋他也是趿拉着。他一天就是這樣不衫不履地這裡走走，那裡走走，發出母豬一樣的聲音：「姆 —— 姆 ——」。

二師父仁海。他是有老婆的。他老婆每年夏秋之間來住幾個月，因為庵裡涼快，庵裡有六個人，其中之一，就是這位和尚的家眷。仁山、仁渡叫她嫂子，明海叫她師娘。這兩口子都很愛乾淨，整天的洗涮。傍晚的時候，坐在天井裡乘涼。白天，悶在屋裡不出來。

三師父是個很聰明精幹的人。有時一筆賬大師兄扒了半天算盤也算不清，他眼珠子轉兩轉，早算得一清二楚。他打牌贏的時候多，二三十張牌落地，上下家手裡有些什麼牌，他就差不多都知道了。他打牌時，總有人愛在他後面看歪頭胡。誰家約他打牌，就說「想送兩個錢給你。」他不但經懺俱通（小廟的和尚能夠拜懺的不多），而且

身懷絕技，會「飛鐃」。七月間有些地方做盂蘭會，在曠地上放大焰口，幾十個和尚，穿繡花袈裟，飛鐃。飛鐃就是把十多斤重的大鐃鈸飛起來。到了一定的時候，全部法器皆停，只幾十副大鐃緊張急促地敲起來。忽然起手，大鐃向半空中飛去，一面飛，一面旋轉。然後，又落下來，接住。接住不是平平常常地接住，有各種架勢，「犀牛望月」、「蘇秦背劍」……這哪是唸經，這是要雜技。也許是地藏王菩薩愛看這個，但真正因此快樂起來的是人，尤其是婦女和孩子。這是年輕漂亮的和尚出風頭的機會。一場大焰口過後，也像一個好戲班子過後一樣，會有一個兩個大姑娘、小媳婦失蹤，——跟和尚跑了。他還會放「花焰口」。有的人家，親戚中多風流子弟，在不是很哀傷的佛事——如做冥壽時，就會提出放花焰口。所謂「花焰口」就是在正焰口之後，叫和尚唱小調，拉絲弦，吹管笛，敲鼓板，而且可以點唱。仁渡一個人可以唱一夜不重頭。仁渡前幾年一直在外面，近二年才常住在庵裡。據說他有相好的，而且不止一個。他平常可是很規矩，看到姑娘媳婦總是老老實實的，連一句玩笑話都不說，一句小調山歌都不唱。有一回，在打穀場上乘涼的時候，一伙人把他圍起來，非叫他唱兩個不可。他卻情不過，說：「好，唱一個。不唱家鄉的。家鄉的你們都熟，唱個安徽的。」

　　姐和小郎打大麥，

　　一轉子講得聽不得。

　　聽不得就聽不得，

　　打完了大麥打小麥。

　　唱完了，大家還嫌不夠，他就又唱了一個：

姐兒生得漂漂的，

兩個奶子翹翹的。

有心上去摸一把，

心裡有點跳跳的。

…………

　　這個庵裡無所謂清規，連這兩個字也沒人提起。

　　仁山吃水煙，連出門做法事也帶着他的水煙袋。

　　他們經常打牌。這是個打牌的好地方。把大殿上吃飯的方桌往門口一搭，斜放着，就是牌桌。桌子一放好，仁山就從他的方丈裡把籌碼拿出來，嘩啦一聲倒在桌上。鬥紙牌的時候多，搓麻將的時候少。牌客除了師兄弟三人，常來的是一個收鴨毛的，一個打兔子兼偷雞的，都是正經人。收鴨毛的擔一副竹筐，串鄉串鎮，拉長了沙啞的聲音喊叫：

　　「鴨毛賣錢 —— ！」

　　偷雞的有一件家什 —— 銅蜻蜓。看準了一隻老母雞，把銅蜻蜓一丟，雞婆子上去就是一口。這一啄，銅蜻蜓的硬簧繃開，雞嘴撐住了，叫不出來了。正在這雞十分納悶的時候，上去一把薅住。

　　明子曾經跟這位正經人要過銅蜻蜓看看。他拿到小英子家門前試了一試，果然！小英的娘知道了，罵明子：

　　「要死了！兒子！你怎麼到我家來玩銅蜻蜓了！」

　　小英子跑過來：

　　「給我！給我！」

　　她也試了試，真靈，一個黑母雞一下子就把嘴撐住，傻了眼了！

　　下雨陰天，這二位就光臨荸薺庵，消磨一天。

　　有時沒有外客，就把老師叔也拉出來，打牌的結局，大都是當家

和尚氣得鼓鼓的：「×媽媽的！又輸了！下回不來了！」

他們吃肉不瞞人。年下也殺豬。殺豬就在大殿上。一切都和在家人一樣，開水、木桶、尖刀。捆豬的時候，豬也是沒命地叫。跟在家人不同的，是多一道儀式，要給即將升天的豬唸一道「往生咒」，並且總是老師叔唸，神情很莊重：

……一切胎生、卵生、息生，來從虛空來，還歸虛空去，往生再世，皆當歡喜。南無阿彌陀佛！

三師父仁渡一刀子下去，鮮紅的豬血就帶着很多沫子噴出來。
…………
明子老往小英子家裡跑。

小英子的家像一個小島，三面都是河，西面有一條小路通到荸薺庵。獨門獨戶，島上只有這一家。島上有六棵大桑樹，夏天都結大桑椹，三棵結白的，三棵結紫的；一個菜園子，瓜豆蔬菜，四時不缺。院牆下半截是磚砌的，上半截是泥夯的。大門是桐油油過的，貼着一副萬年紅的春聯：

向陽門第春常在
積善人家慶有餘

門裡是一個很寬的院子。院子裡一邊是牛屋、碓棚；一邊是豬圈、雞窠，還有個關鴨子的柵欄。露天地放着一具石磨。正北面是住房，也是磚基土築，上面蓋的一半是瓦，一半是草。房子翻修了才三年，木料還露着白茬。正中是堂屋，家神菩薩的畫像上貼的金還沒有

發黑。兩邊是臥房。隔扇窗上各嵌了一塊一尺見方的玻璃，明亮亮的，——這在鄉下是不多見的。房簷下一邊種着一棵石榴樹，一邊種着一棵梔子花，都齊房簷高了。夏天開了花，一紅一白，好看得很。梔子花香得衝鼻子。順風的時候，在荸薺庵都聞得見。

這家人口不多。他家當然是姓趙。一共四口人：趙大伯、趙大媽，兩個女兒，大英子、小英子。老兩口沒得兒子。因為這些年人不得病，牛不生災，也沒有大旱大水鬧蝗蟲，日子過得很興旺。他們家自己有田，本來夠吃的了，又租種了庵上的十畝田。自己的田裡，一畝種了荸薺，——這一半是小英子的主意，她愛吃荸薺，一畝種了茨菇。家裡餵了一大群雞鴨，單是雞蛋鴨毛就夠一年的油鹽了。趙大伯是個能幹人。他是一個「全把式」，不但田裡場上樣樣精通，還會醫魚、洗磨、鑿礱、修水車、修船、砌牆、燒磚、箍桶、劈篾、絞麻繩。他不咳嗽，不腰疼，結結實實，像一棵榆樹。人很和氣，一天不聲不響。趙大伯是一棵搖錢樹，趙大娘就是個聚寶盆。大娘精神得出奇。五十歲了，兩個眼睛還是清亮亮的。不論什麼時候，頭都是梳得滑滴滴的，身上衣服都是格掙掙的。像老頭子一樣，她一天不閒着。煮豬食，餵豬，醃鹹菜，——她醃的鹹蘿蔔乾非常好吃，舂粉子，磨小豆腐，編蓑衣，織蘆蓆。她還會剪花樣子。這裡嫁閨女，陪嫁妝，磁罐子、錫罐子，都要用梅紅紙剪出吉祥花樣，貼在上面，討個吉利，也才好看：「丹鳳朝陽」呀、「白頭到老」呀、「子孫萬代」呀、「福壽綿長」呀。二三十里的人家都來請她：「大娘，好日子是十六，你哪天去呀？」——「十五，我一大清早就來！」

「一定呀！」——「一定！一定！」

兩個女兒，長得跟她娘像一個模子裡托出來的。眼睛長得尤其像，白眼珠鴨蛋青，黑眼珠棋子黑，定神時如清水，閃動時像星星。渾身上

下，頭是頭，腳是腳。頭髮滑滴滴的，衣服格掙掙的。——這裡的風俗，十五六歲的姑娘就都梳上頭了。這兩個丫頭，這一頭的好頭髮！通紅的髮根，雪白的簪子！娘女三個去趕集，一集的人都朝她們望。

姐妹長得很像，性格不同。大姑娘很文靜，話很少，像父親。小英子比她娘還會説，一天咭咭呱呱地不停。大姐説：

「你一天到晚咭咭呱呱——」

「像個喜鵲！」

「你自己説的！——吵得人心亂！」

「心亂？」

「心亂！」

「你心亂怪我呀！」

二姑娘話裡有話。大英子已經有了人家，小人她偷偷地看過，人很敦厚，也不難看，家道也殷實，她滿意。已經下過小定，日子還沒有定下來。她這二年，很少出房門，整天趕她的嫁妝。大裁大剪，她都會。挑花繡花，不如娘。她可又嫌娘出的樣子太老了。她到城裡看過新娘子，説人家現在繡的都是活花活草。這可把娘難住了。最後是喜鵲忽然一拍屁股：「我給你保舉一個人！」

這人是誰？是明子。明子唸「上孟下孟」的時候，不知怎麼得了半套《芥子園》，他喜歡得很。到了荸薺庵，他還常翻出來看，有時還把舊賬簿子翻過來，照着描。小英子説：

「他會畫！畫得跟活的一樣！」

小英子把明海請到家裡來，給他磨墨鋪紙，小和尚畫了幾張，大英子喜歡得了不得：

「就是這樣！就是這樣！這就可以亂扎！」——所謂「亂扎」是繡花的一種針法：繡了第一層，第二層的針腳插進第一層的針縫，這樣

顏色就可由深到淡，不露痕跡，不像娘那一代繡的花是平針，深淺之間，界限分明，一道一道的。小英子就像個書僮，又像個參謀：

「畫一朵石榴花！」

「畫一朵梔子花。」

她把花掐來，明海就照着畫。

到後來，鳳仙花、石竹子、水蓼、淡竹葉、天竺果子、臘梅花，他都能畫。

大娘看着也喜歡，摟住明海的和尚頭：

「你真聰明！你給我當一個乾兒子吧！」

小英子捺住他的肩膀，說：

「快叫！快叫！」

小明子跪在地下磕了一個頭，從此就叫小英子的娘做乾娘。

大英子繡的三雙鞋，三十里方圓都傳遍了。很多姑娘都走路坐船來看。看完了，就說：「嘖嘖嘖，真好看！這哪是繡的，這是一朵鮮花！」她們就拿了紙來央大娘求了小和尚來畫。有求畫帳簷的，有求畫門簾飄帶的，有求畫鞋頭花的。每回明子來畫花，小英子就給他做點好吃的，煮兩個雞蛋，蒸一碗芋頭，煎幾個藕糰子。

因為照顧姐姐趕嫁妝，田裡的零碎生活小英子就全包了。她的幫手，是明子。

這地方的忙活是栽秧、車高田水、薅頭遍草，再就是割稻子、打場了。這兒苴重活，自己一家是忙不過來的。這地方興換工。排好了日期，幾家顧一家，輪流轉。不收工錢，但是吃好的。一天吃六頓，兩頭見肉，頓頓有酒。幹活時，敲着鑼鼓，唱着歌，熱鬧得很。其餘的時候，各顧各，不顯得緊張。

薅三遍草的時候，秧已經很高了，低下頭看不見人。一聽見非常

脆亮的嗓子在一片濃綠裡唱：

　　梔子哎開花哎六瓣頭哎……
　　姐家哎門前哎一道橋哎……

　　明海就知道小英子在哪裡，三步兩步就趕到，趕到就低頭薅起草來。傍晚牽牛「打汪」，是明子的事。——水牛怕蚊子。這裡的習慣，牛卸了軛，飲了水，就牽到一口和好泥水的「汪」裡，由牠自己打滾撲騰，弄得全身都是泥漿，這樣蚊子就咬不透了。低田上水，只要一掛十四軋的水車，兩個人車半天就夠了。明子和小英子就伏在車杠上，不緊不慢地踩着車軸上的拐子，輕輕地唱着明海向三師父學來的各處山歌。打場的時候，明子能替趙大伯一會，讓他回家吃飯。——趙家自己沒有場，每年都在荸薺庵外面的場上打穀子。他一揚鞭子，喊起了打場號子：

「格嘡嘚——」

　　這打場號子有音無字，可是九轉十三彎，比什麼山歌號子都好聽。趙大娘在家，聽見明子的號子，就側起耳朵：

「這孩子這條嗓子！」

連大英子也停下針線：

「真好聽！」

小英子非常驕傲地説：

「一十三省數第一！」

　　晚上，他們一起看場。——荸薺庵收來的租稻也曬在場上。他們並肩坐在一個石磙子上，聽青蛙打鼓，聽寒蛇唱歌，——這個地方以為螻蛄叫是蚯蚓叫，而且叫蚯蚓叫「寒蛇」，聽紡紗婆子不停地紡紗，

「咻 ——」，看螢火蟲飛來飛去、看天上的流星。

「呀！我忘了在褲帶上打一個結！」小英子說。

這裡的人相信，在流星掉下來的時候在褲帶上打一個結，心裡想什麼好事，就能如願。

　　…………

「搝」荸薺，這是小英最愛幹的生活。秋天過去了，地淨場光，荸薺的葉子枯了，—— 荸薺的筆直的小蔥一樣的圓葉子裡是一格一格的，用手一搝，嗶嗶地響，小英子最愛搝着玩，—— 荸薺藏在爛泥裡。赤了腳，在涼浸浸滑溜溜的泥裡踩着，—— 哎，一個硬疙瘩！伸手下去，一個紅紫紅紫的荸薺。她自己愛幹這生活，還拉了明子一起去。她老是故意用自己的光腳去踩明子的腳。

她挎着一籃子荸薺回去了，在柔軟的田埂上留了一串腳印。明海看着她的腳印，傻了。五個小小的趾頭，腳掌平平的，腳跟細細的，腳弓部分缺了一塊。明海身上有一種從來沒有過的感覺，他覺得心裡癢癢的。這一串美麗的腳印把小和尚的心搞亂了。

　　…………

明子常搭趙家的船進城，給庵裡買香燭，買油鹽。閒時是趙大伯划船；忙時是小英子去，划船的是明子。

從庵趙莊到縣城，當中要經過一片很大的蘆花蕩子。蘆葦長得密密的，當中一條水路，四邊不見人。划到這裡，明子總是無端端地覺得心裡很緊張，他就使勁地划槳。

小英子喊起來：

「明子！明子！你怎麼啦？你發瘋啦？為什麼划得這麼快？」

　　…………

明海到善因寺去受戒。

「你真的要去燒戒疤呀？」

「真的。」

「好好的頭皮上燒十二個洞，那不疼死啦？」

「咬咬牙。舅舅說這是當和尚的一大關，總要過的。」

「不受戒不行嗎？」

「不受戒的是野和尚。」

「受了戒有啥好處？」

「受了戒就可以到處雲遊，逢寺掛褡。」

「什麼叫『掛褡』？」

「就是在廟裡住。有齋就吃。」

「不把錢？」

「不把錢。有法事，還得先盡外來的師父。」

「怪不得都說『遠來的和尚會唸經』。就憑頭上這幾個戒疤？」

「還要有一份戒牒。」

「鬧半天，受戒就是領一張和尚的合格文憑呀！」

「就是！」

「我划船送你去。」

「好。」

小英子早早就把船划到荸薺庵門前。不知是什麼道理，她興奮得很。她充滿了好奇心，想去看看善因寺這座大廟，看看受戒是個啥樣子。

善因寺是全縣第一大廟，在東門外，面臨一條水很深的護城河，三面都是大樹，寺在樹林子裡，遠處只能隱隱約約看到一點金碧輝煌的屋頂，不知道有多大。樹上到處掛着「謹防惡犬」的牌子。這寺裡

的狗出名的厲害。平常不大有人進去。放戒期間，任人遊看，惡狗都鎖起來了。

好大一座廟！廟門的門坎比小英子的肐膝都高。迎門矗着兩塊大牌，一邊一塊，一塊寫着斗大兩個大字：「放戒」，一塊是：「禁止喧嘩」。這廟裡果然是氣象莊嚴，到了這裡誰也不敢大聲咳嗽。明海自去報名辦事，小英子就到處看看。好傢伙，這哼哈二將、四大天王，有三丈多高，都是簇新的，才裝修了不久。天井有二畝地大，鋪着青石，種着蒼松翠柏。「大雄寶殿」，這才真是個「大殿」！一進去，涼颼颼的。到處都是金光耀眼。釋迦牟尼佛坐在一個蓮花座上，單是蓮座，就比小英子還高。抬起頭來也看不全他的臉，只看到一個微微閉着的嘴唇和胖敦敦的下巴。兩邊的兩根大紅蠟燭，一摟多粗。佛像前的大供桌上供着鮮花、絨花、絹花，還有珊瑚樹、玉如意、整顆的大象牙。香爐裡燒着檀香。小英子出了廟，聞着自己的衣服都是香的。掛了好些幡。這些幡不知是什麼緞子的，那麼厚重，繡的花真細。這麼大一口磬，裡頭能裝五擔水！這麼大一個木魚，有一頭牛大，漆得通紅的。她又去轉了轉羅漢堂，爬到千佛樓上看了看。真有一千個小佛！她還跟着一些人去看了看藏經樓，藏經樓沒有什麼看頭，都是經書！媽吔！逛了這麼一圈，腿都酸了。小英子想起還要給家裡打油，替姐姐配絲線，給娘買鞋面布，給自己買兩個墜圍裙飄帶的銀蝴蝶，給爹買旱煙，就出廟了。

等把事情辦齊，晌午了。她又到廟裡看了看，和尚正在吃粥。好大一個「膳堂」，坐得下八百個和尚。吃粥也有這樣多講究：正面法座上擺着兩個錫膽瓶，裡面插着紅絨花，後面盤膝坐着一個穿了大紅滿金繡袈裟的和尚，手裡拿了戒尺。這戒尺是要打人的。哪個和尚吃粥吃出了聲音，他下來就是一戒尺。不過他並不真的打人，只是做個

樣子。真稀奇，那麼多的和尚吃粥，竟然不出一點聲音！她看見明子也坐在裡面，想跟他打個招呼又不好打。想了想，管他禁止不禁止喧嘩，就大聲喊了一句：「我走啦！」她看見明子目不斜視地微微點了點頭，就不管很多人都朝自己看，大搖大擺地走了。

第四天一大清早小英子就去看明子。她知道明子受戒是第三天半夜，──燒戒疤是不許人看的。她知道要請老剃頭師父剃頭，要剃得橫摸順摸都摸不出頭髮茬子，要不然一燒，就會「走」了戒，燒成了一片。她知道是用棗泥子先點在頭皮上，然後用香頭子點着。她知道燒了戒疤就喝一碗蘑菇湯，讓它「發」，還不能躺下，要不停地走動，叫做「散戒」。這些都是明子告訴她的。明子是聽舅舅説的。

她一看，和尚真在那裡「散戒」，在城牆根底下的荒地裡。一個一個，穿了新海青，光光的頭皮上都有十二個黑點子。──這黑疤掉了，才會露出白白的、圓圓的「戒疤」。和尚都笑嘻嘻的，好像很高興。她一眼就看見了明子。隔着一條護城河，就喊他：

「明子！」

「小英子！」

「你受了戒啦？」

「受了。」

「疼嗎？」

「疼。」

「現在還疼嗎？」

「現在疼過去了。」

「你哪天回去？」

「後天。」

「上午？下午？」

「下午。」

「我來接你！」

「好！」

…………

小英子把明海接上船。

小英子這天穿了一件細白夏布上衣，下邊是黑洋紗的褲子，赤腳穿了一雙龍鬚草的細草鞋，頭上一邊插着一朵梔子花，一邊插着一朵石榴花。她看見明子穿了新海青，裡面露出短褂子的白領子，就說：「把你那外面的一件脱了，你不熱呀！」

他們一人一把槳。小英子在中艙，明子扳艄，在船尾。

她一路問了明子很多話，好像一年沒有看見了。

她問，燒戒疤的時候，有人哭嗎？喊嗎？

明子説，沒有人哭，只是不住地唸佛。有個山東和尚罵人：「俺日你奶奶！俺不燒了！」

她問善因寺的方丈石橋是相貌和聲音都很出眾嗎？

「是的。」

「説他的方丈比小姐的繡房還講究？」

「講究。什麼東西都是繡花的。」

「他屋裡很香？」

「很香。他燒的是伽楠香，貴的很。」

「聽説他會做詩，會畫畫，會寫字？」

「會。廟裡走廊兩頭的磚額上，都刻着他寫的大字。」

「他是有個小老婆嗎？」

「有一個。」

「才十九歲？」

「聽說。」

「好看嗎？」

「都說好看。」

「你沒看見？」

「我怎麼會看見？我關在廟裡。」

明子告訴她，善因寺一個老和尚告訴他，寺裡有意選他當沙彌尾，不過還沒有定，要等主事的和尚商議。

「什麼叫『沙彌尾』？」

「放一堂戒，要選出一個沙彌頭，一個沙彌尾。沙彌頭要老成，要會唸很多經。沙彌尾要年輕，聰明，相貌好。」

「當了沙彌尾跟別的和尚有什麼不同？」

「沙彌頭，沙彌尾，將來都能當方丈。現在的方丈退居了，就當。石橋原來就是沙彌尾。」

「你當沙彌尾嗎？」

「還不一定哪。」

「你當方丈，管善因寺？管這麼大一個廟？！」

「還早吶！」

划了一氣，小英子說：「你不要當方丈！」

「好，不當。」

「你也不要當沙彌尾！」

「好，不當。」

又划了一氣，看見那一片蘆花蕩子了。

小英子忽然把槳放下，走到船尾，趴在明子的耳朵旁邊，小聲地說：

「我給你當老婆，你要不要？」

明子眼睛鼓得大大的。

「你説話呀！」

明子説：「嗯。」

「什麼叫『嗯』呀！要不要，要不要？」

明子大聲地説：「要！」

「你喊什麼！」

明子小小聲説：「要 —— ！」

「快點划！」

英子跳到中艙，兩隻槳飛快地划起來，划進了蘆花蕩。

蘆花才吐新穗。紫灰色的蘆穗，發着銀光，軟軟的，滑溜溜的，像一串絲線。有的地方結了蒲棒，通紅的，像一枝一枝小蠟燭。青浮萍，紫浮萍。長腳蚊子，水蜘蛛。野菱角開着四瓣的小白花。驚起一隻青樁（一種水鳥），擦着蘆穗，撲魯魯魯飛遠了。

…………

　　　　　一九八〇年八月十二日，寫四十三年前的一個夢。

　　　　　　　　　　　　載一九八〇年第十期《北京文藝》

【賞析】

汪曾祺非常善於講故事，整篇小説就像一股泉水，汩汩流淌。小説從小明子出家講起，講舅舅帶他到荸薺庵出家，因而邂逅小英子。繼而講到荸薺庵，講到庵裡三位師父，各有特色，卻都不是典型的和尚，他們娶老婆、打牌、殺豬、唱情歌……然後繞到荸薺庵旁邊的小英子家，一個世

外桃源般的住所。這家人憨厚老實，兩個女兒長得標致可人。接下來自然就是明海和小英子兩小無猜的交往，高潮處是明海要到善因寺受戒，小英子送他去又接他回來，回來水路上兩人私定終身。

讀這篇小說的時候，你會覺得份外輕鬆，感受到一種內在的歡樂。作家以人道主義者的目光審視世界，通過簡約平淡的語言、隨意鬆散的結構，書寫普通人事，讚頌人性美。作家在小說的結尾注明這是「寫四十三年前的一個夢」，也就是一九三七年的事，那時候他大約十七歲，年輕時的愛情總是朦朦朧朧，叫人懷念的。

要好好理解這篇小說，首先要拋開一些既定的成見，要不你會驚奇為什麼和尚可以這樣子？其實，在中國一些偏遠的小鎮，當和尚並不是什麼宗教不宗教的問題，而是一種「職業」。「他的家鄉出和尚。就像有的地方出劁豬的，有的地方出織席子的，有的地方出箍桶的，有的地方出彈棉花的，有的地方出畫匠，有的地方出婊子，他的家鄉出和尚。」另外，「當和尚有很多好處」，比如可以吃現成飯，可以攢錢，將來可以還俗娶親。因此，荸薺庵裡三位師父的行為都是極其自然的。二師父的老婆每年夏秋之間都會來庵裡住幾個月，因為庵裡涼快；三師父甚至唱出「姐兒生得漂漂的，兩個奶子翹翹的。有心上去摸一把，心裡有點跳跳的」的情歌。「這個庵裡無所謂清規，連這兩個字也沒人提起。」沒有清規，所以每個人都活得自在，生活態度就是庵裡掛著的那副對聯：「大肚能容容天下難容之事，開顏一笑笑世間可笑之人。」

明子和小英子的愛情就是放置在這樣一個背景下來進行的，一切都顯得自然美好。明子幫小英子的姐姐畫花，小英子給他做好吃的；晚上，兩人並肩坐在石磙上聽青蛙打鼓，看螢火蟲，看流星；早上，一塊兒摘荸薺，明子看着小英子留在田埂上的腳印，心裡感到癢癢的；還有彼此之間稚氣的對白，尤其是文末小英子要給明子當老婆那一段，讓人感到戀愛的

單純與美好。含蓄的結尾更賦予讀者無限的想像空間,明子和小英子划船進了蘆花蕩,之後會發生什麼事呢,作家故意不交代,並以詩意的文字來寫景,寫景處卻暗示了他們的愛情。

「受戒」與「戀愛」本是相悖的概念,但在小說裡變得和諧美好。這是一個美善交融的人生境界,這種境界不易達到,汪曾祺的小說或許只有這一篇符合這樣的境界。這不單單是兩位小主人公的歡樂,也是汪曾祺終於擺脫世間枷鎖,可以隨心所欲創作的歡樂。

天鵝之死

【題解】

　　「反右」、「文革」的經歷幾乎是所有現當代中國作家的集體回憶，除了上文提到的「傷痕文學」和「反思文學」，還有楊絳《幹校六記》、季羨林《牛棚雜記》一類的散文。近年來，余華、莫言、嚴歌苓等作家仍在創作「文革」相關小說。汪曾祺雖然偏好書寫人性美，追求和諧文風，但也寫過幾篇「文革」題材的小說。不過，八十年代和九十年代汪氏的書寫方式不盡相同，此篇為八十年代的創作，處理手法相對含蓄，力求文字之美。

【文本】

　　「阿姨，都白天了，怎麼還有月亮呀？」

　　「阿姨，月亮是白色的，跟雲的顏色一樣。」

　　「阿姨，天真藍呀。」

「藍色的天，白色的月亮，月亮裡有藍色的雲，真好看呀！」

「真好看！」

「阿姨，樹葉都落光了。樹是紫色的。樹幹是紫色的。樹枝也是紫色的。樹上的風也是紫色的。真好看！」

「真好看！」

「阿姨，你好看！」

「我從前好看。」

「不！你現在也好看。你的眼睛好看。你的脖子，你的肩，你的腰，你的手，都好看。你的腿好看。你的腿多長呀。阿姨，我們愛你！」

「小朋友，我也愛你們！」

「阿姨，你的腿這兩天疼了嗎？」

「沒有。要上坡了，小朋友，小心！」

「哦！看見玉淵潭了！」

「玉淵潭的水真清呀！」

「阿姨，那是什麼？雪白雪白的，像花一樣的發亮，一，二，三，四。」

白蕤從心裡發出一聲驚呼：

「是天鵝！」

「是天鵝？」

「冬泳的叔叔，那是天鵝嗎？」

「是的，小朋友。」

「牠們是怎麼來的？」

「牠們是自己飛來的。」

「牠們從哪兒飛來？」

「從很遠很遠的北方。」

「是嗎？──歡迎你，白天鵝！」

「歡迎你到我們這兒來作客！」

天鵝在天上飛翔，

去尋找溫暖的地方。

飛過了大興安嶺，

雪壓的落葉松的密林裡，閃動着鄂溫克族狩獵隊篝火的紅光。

白蕤去看烏蘭諾娃，去看天鵝。

大提琴的柔風托起了烏蘭諾娃的雙臂，鋼琴的露珠從她的指尖流出。

她的柔弱的雙臂伏下了。

又輕輕地掙扎着，抬起了脖頸。

鋼琴流盡了最後的露滴，再也沒有聲音了。

天鵝死了。

白蕤像是在一個夢裡。

她的眼睛裡都是淚水。

她的眼淚流進了她的夢。

天鵝在天上飛翔，

去尋找溫暖的地方。

飛過了呼倫貝爾草原，

草原一片白茫茫。

圈兒河依戀着家鄉，

牠流去又回頭。

在雪白的草原上，

畫出了一個又一個鐵青色的圓圈。

白蕤考進了芭蕾舞校。經過刻苦的訓練，她的全身都變成了
音樂。

她跳《天鵝之死》。

大提琴和鋼琴的旋律吹動着她的肢體，她的手指和足尖都在
想像。

天鵝在天上飛翔，
去尋找溫暖的地方。

某某去看了芭蕾。

他用猥褻的聲音説：

「這他媽的小妞兒！那胸脯，那小腰，那麼好看的大腿！⋯⋯」

他滿嘴噴着酒氣。

他做了一個淫蕩的夢。

天鵝在天上飛翔，
去尋找溫暖的地方。

「文化大革命」。中國的森林起了火了。

白蕤被打成了現行反革命。因為她説：

「《天鵝之死》就是美！烏蘭諾娃就是美！」

天鵝在天上飛翔，

某某成了「工宣隊員」。他每天晚上都想出一種折磨演員的花樣。

他叫她們背着床板在大街上跑步。

他叫她們做折損骨骼的苦工。

他命令白蕤跳《天鵝之死》。

「你不是説《天鵝之死》就是美嗎？你給我跳，跳一夜！」

錄音機放出了音樂。音樂使她忘記了眼前的一切。她快樂。

她跳《天鵝之死》。

她看看某某，發現他的下牙突出在上牙之外。北京人管這種長相叫「地包天」。

她跳《天鵝之死》。

她羞恥。

她跳《天鵝之死》。

她憤怒。

她跳《天鵝之死》。

她摔倒了。

她跳《天鵝之死》。

天鵝在天上飛翔，

去尋找溫暖的地方。

飛過太陽島，

飛過松花江。

飛過華北平原，

越冬的麥粒在鬆軟的泥土裡睡得正香。

經過長途飛行，天鵝的體重減輕了，但是翅膀上增添了力量。

天鵝在天上飛翔，

在天上飛翔，

玉淵潭在月光下發亮。

「這兒真好呀！這兒的水不凍，這兒暖和，咱們就在這兒過冬，好嗎？」

四隻天鵝翩然落在玉淵潭上。

白蕤轉業了。她當了保育員。她還是那樣美，只是因為左腿曾經骨折，每到陰天下雨，就隱隱發痛。

自從玉淵潭來了天鵝，她隔兩三天就帶着孩子們去看一次。

孩子們對天鵝說：

「天鵝天鵝你真美！」

「天鵝天鵝我愛你！」

「天鵝天鵝真好看！」

「我們和你來作伴！」

甲、乙兩青年，帶了一枝獵槍，偷偷走近玉淵潭。

天已經黑了。

一聲槍響，一隻天鵝斃命。其餘的三隻，驚恐萬狀，一夜哀鳴。

被打死的天鵝的伴侶第二天一天不鳴不食。

傍晚七點鐘時還看見牠。

半夜裡，牠飛走了。

白蕤看着報紙，她的眼前浮現出一張「地包天」的臉。

「阿姨，咱們去看天鵝。」

「今天不去了，今天風大，要感冒的。」

「不嘛！去！」

天鵝還在嗎？

在！

在那兒，在靠近南岸的水面上。

「天鵝天鵝你害怕嗎？」

「天鵝天鵝你別怕！」

湖岸上有好多人來看天鵝。

他們在議論。

「這個傢伙，這麼好看的東西，你打牠幹什麼？」

「想吃天鵝肉。」

「想吃天鵝肉。」

「都是這場『文化大革命』鬧的！把一些人變壞了，變得心狠了！不知愛惜美好的東西了！」

有人說，那一隻也活不成。天鵝是非常恩愛的。死了一隻，那一隻就尋找一片結實的冰面，從高高的空中摔下來，把自己的胸脯在堅冰上撞碎。

孩子們聽着大人的議論，他們好像是懂了，又像是沒有懂。他們對着湖面呼喊：

「天鵝天鵝你在哪兒？」

「天鵝天鵝你快回來！」

孩子們的眼睛裡有淚。

他們的眼睛發光，像鑽石。

他們的眼淚飛到天上，變成了天上的星。

一九八〇年十二月二十九日清晨

一九八七年六月七日校，淚不能禁。

載一九八一年四月十四日《北京日報》

【賞析】

〈天鵝之死〉彷如一首散文詩，行文用字精煉優雅，雖有憤懣之情，卻被優雅的文字所覆蓋。整篇以「天鵝」貫穿全文，以「美」的意象來突顯「文革」的「醜」。所謂無聲勝有聲，作家不正面鞭撻黑暗，反而令讀者墮入深沉的思考之中。

此篇採用現實與過去相互交叉的敘述手法，道出女主人公白蕤半生的命運。小說從當保育員的白蕤帶着小朋友遊覽玉淵潭開始，他們偶然看見雪白的天鵝，小朋友顯得很興奮，白蕤卻因此想起往事：年輕的她熱愛舞蹈，尤其愛看烏蘭諾娃跳天鵝湖。[1] 後來，白蕤考進芭蕾舞校，跳起優美的天鵝湖。可是，好景不長，「中國的森林起了火了」，白蕤被打成反革命份子。像白蕤這樣的舞蹈員在「文革」期間受了不少苦，他們要背着床板在大街上跑步，做着折損骨骼的苦工，面對語言的侮辱。白蕤的左腿就是因此骨折，從此跳不了芭蕾舞。這段往事是不堪回首的，她的眼睛裡充滿了淚水。

控訴不一定要嘶聲力竭的吼叫，有時候詩意的陳述或許更能打動讀者。整篇小說沒有直面批判的字眼，只是巧妙地引入一個令人反感的負面人物，以其「醜」來突顯「文革」期間的各種不可理喻。這位「某某」看芭蕾舞表演時，帶着猥褻的、色情的眼光，並對白蕤生起淫蕩的聯想。可是，這樣的人物在「文革」期間居然當了工宣隊員，於是他貶抑藝術，蹧蹋舞蹈，還強迫白蕤給他跳芭蕾舞。小說裡以詩的語言來交待這一段：

> 她跳《天鵝之死》。
>
> 她羞恥。
>
> 她跳《天鵝之死》。

她憤怒。

她跳《天鵝之死》。

她摔倒了。

她跳《天鵝之死》。

作家以簡潔、詩意的文字來交代一種美的摧毀，讀後叫人無限唏噓。小說結尾的青年用槍擊斃天鵝是作家心裡的隱憂，「文革」雖然已經結束了，但像「某某」這樣的人物或許還存在。

汪曾祺一九五八年也曾經被打成「右派」，下放張家口沙嶺子勞動，後來又在江青的指導下創作樣板戲。相對其他作家而言，這樣的遭遇算是「幸運」了，他自己也說過這樣的話：「我當了一回右派，真是三生有幸。要不然我這一生就更加平淡了。」[2] 這句話可能是自嘲，他似乎看開了，走過去了。相反，他的老師沈從文就沒有這麼輕鬆，四十年代受到郭沫若的批評後就顯得精神緊張，多次嘗試自殺，後來索性「轉行」，研究歷史文物，不再創作。

【注釋】

[1]　烏蘭諾娃，指加林娜‧謝爾蓋耶夫娜‧烏蘭諾娃（Galína Sergéyevna Ulánova，一九一〇至一九九八），蘇聯著名的芭蕾舞蹈員，據說連史達林也被其精湛的舞藝所傾。

[2]　汪曾祺著，鄧九平編：《汪曾祺全集》，第五卷，〈隨遇而安〉，頁一三二。

晚飯花〔1〕

【題解】

　　這是一個關於暗戀和失戀的故事，篇幅短小，寄意深遠。主題非常普通，沒有驚天動地的愛情故事，男女主角甚至沒有正面交流，但是汪曾祺的處理手法卻到達爐火純青的境界。故事鋪排不落俗套，別具一格。用字極其簡潔，一字不多，一字不少；筆觸含蓄，點染淡淡無奈，點點憂傷。

【文本】

　　李小龍的家在李家巷。

　　這是一條南北向的巷子，相當寬，可以並排走兩輛黃包車。但是不長，巷子裡只有幾戶人家。

　　西邊的北口一家姓陳。這家好像特別的潮濕，門口總飄出一股濕布的氣味，人的身上也帶着這種氣味。他家有好幾棵大石榴，比房簷

還高，開花的時候，一院子都是紅通通的。結的石榴很大，垂在樹枝上，一直到過年下雪時才剪下來。

陳家往南，直到巷子的南口，都是李家的房子。

東邊，靠北是一個油坊的堆棧，粉白的照壁上黑漆八個大字：「雙窨香油，照莊發客」。

靠南一家姓夏。這家進門就是鍋灶，往裡是一個不小的院子。這家特別重視過中秋。每年的中秋節，附近的孩子就上他們家去玩，去看院子裡還在開着的荷花，幾盆大桂花，缸裡養的魚；看他家在院子裡擺好了的矮腳的方桌，放了毛豆、芋頭、月餅、酒壺，準備一家賞月。

在油坊堆棧和夏家之間，是王玉英的家。

王家人很少，一共三口。王玉英的父親在縣政府當錄事，每天一早便提着一個藍布筆袋，一個銅墨水盒去上班。王玉英的弟弟上小學。王玉英整天一個人在家。她老是在她家的門道裡做針線。

王玉英家進門有一個狹長的門道。三面是牆：一面是油坊堆棧的牆，一面是夏家的牆，一面是她家房子的山牆。南牆盡頭有一個小房門，裡面才是她家的房屋。從外面是看不見她家的房屋的。這是一個長方形的天井，一年四季，照不進太陽。夏天很涼快，上面是高高的藍天，正面的山牆腳下密密地長了一排晚飯花。王玉英就坐在這個狹長的天井裡，坐在晚飯花前面做針線。

李小龍每天放學，都經過王玉英家的門外。他都看見王玉英（他看了陳家的石榴，又看了「雙窨香油，照莊發客」，還會看看夏家的花木）。晚飯花開得很旺盛，它們使勁地往外開，發瘋一樣，喊叫着，把自己開在傍晚的空氣裡。濃綠的，多得不得了的綠葉子；殷紅的，胭脂一樣的，多得不得了的紅花；非常熱鬧，但又很淒清。沒有

一點聲音。在濃綠濃綠的葉子和亂亂紛紛的紅花之前，坐着一個王玉英。

這是李小龍的黃昏。要是沒有王玉英，黃昏就不成其為黃昏了。

李小龍很喜歡看王玉英，因為王玉英好看。王玉英長得很黑，但是兩隻眼睛很亮，牙很白。王玉英有一個很好看的身子。

紅花、綠葉、黑黑的臉、明亮的眼睛、白的牙，這是李小龍天天看的一張畫。

王玉英一邊做針線，一邊等着她的父親。她已經燜好飯了，等父親一進門就好炒菜。

王玉英已經許了人家。她的未婚夫是錢老五。大家都叫他錢老五。不叫他的名字，而叫錢老五，有輕視之意。老人們説他「不學好」。人很聰明，會畫兩筆畫，也能刻刻圖章，但做事沒有長性。教兩天小學，又到報館裡當兩天記者。他手頭並不寬裕，卻打扮得像個闊少爺，穿着細毛料子的衣裳，梳着油光光的分頭，還戴了一副金絲眼鏡。他交了許多「三朋四友」，風流浪蕩，不務正業。都傳説他和一個寡婦相好，有時就住在那個寡婦家裡，還花寡婦的錢。

這些事也傳到了王玉英的耳朵裡。連李小龍也都聽説了嘛，王玉英還能不知道？不過王玉英倒不怎麼難過，她有點半信半疑。而且她相信她嫁過去，他就會改好的。她看見過錢老五，她很喜歡他的人才。

錢老五不跟他的哥哥住。他有一所小房，在臭河邊。他成天不在家，門老是鎖着。

李小龍知道錢老五在哪裡住。他放學每天經過。他有時扒在門縫上往裡看：裡面有三間房，一個小院子，有幾棵樹。

王玉英也知道錢老五的住處。她路過時，看看兩邊沒有人，也曾

經扒在門縫上往裡看過。

有一天，一頂花轎把王玉英抬走了。

從此，這條巷子裡就看不見王玉英了。

晚飯花還在開着。

李小龍放學回家，路過臭河邊，看見王玉英在錢老五家門前的河邊淘米。只看見一個背影。她頭上戴着紅花。

李小龍覺得王玉英不該出嫁，不該嫁給錢老五。他很氣憤。

這世界上再也沒有原來的王玉英了。

載一九八二年第一期《十月》

【注釋】

〔1〕 晚飯花，就是野茉莉。因為是在黃昏時開花，晚飯前後開得最為熱鬧，故又名晚飯花。

【賞析】

我們不妨從技巧的角度來欣賞這篇小說，其中包括意象的運用、人物的刻劃、語言的錘煉三個方面。

先說意象的運用。貫穿整篇小說的意象就是「晚飯花」，作家借晚飯花寫王玉英，所謂借物寫人。這個短篇與〈珠子燈〉、〈三姐妹出嫁〉合輯為〈晚飯花〉，小說前引述清代吳其濬《植物名實圖考》中關於「晚飯花」

的考察:「晚飯花就是野茉莉。因為是在黃昏時開花,晚飯前後開得最為熱鬧,故又名晚飯花。」汪曾祺對植物有一番考究,他自己就是畫寫意花草的。此文採用「晚飯花」,是有深意的。「晚飯花」這個花名叫人聯想到黃昏,又想到李商隱的「夕陽無限好,只是近黃昏」,無端生起淡淡憂愁,暗示了女主人公的命運。

「晚飯花」的意象與王玉英是融為一體的。她家正面的山牆腳下長了一排密密的晚飯花,她就坐在家裡狹長的天井裡,坐在晚飯花前做針線。這是怎樣一個景觀呢?作家通過李小龍的眼睛告訴大家:

> 李小龍每天放學,都經過王玉英家的門外。他都看見王玉英(他看了陳家的石榴,又看了「雙窨香油,照莊發客」,還會看看夏家的花木)。晚飯花開得很旺盛,它們使勁地往外開,發瘋一樣,喊叫着,把自己開在傍晚的空氣裡。濃綠的,多得不得了的綠葉子;殷紅的,胭脂一樣的,多得不得了的紅花;非常熱鬧,但又很淒清。沒有一點聲音。在濃綠濃綠的葉子和亂亂紛紛的紅花之前,坐着一個王玉英。

> 這是李小龍的黃昏。要是沒有王玉英,黃昏就不成其為黃昏了。

這就是暗戀着王玉英的李小龍天天看的一幅畫!晚飯花開得很熱鬧,但是又很淒清。寫花就是寫人,王玉英想必也「開得熱鬧」,如花年紀,長得標致可人,可是她一直待在這個人丁單薄的家裡,實在孤清。

人物刻劃方面,作家善於通過人物行為突出其形象。王玉英是一個怎樣的女孩子?作家沒有正面寫出「乖巧」、「文靜」、「調皮」這樣的字眼,但是通過事件的描述,這些個性躍然紙上。比如寫到王家,說王家人很

少，一共三口。下文提及她的父親和弟弟，沒提及母親，顯然母親已經不在了，所以她擔起了持家的責任，整天一個人坐在門道裡做針線，等着父親下班，飯已經燜好了，等父親一進門就炒菜。但是，她也有孩子氣的一面，文末寫道：「王玉英也知道錢老五的住處。她路過時，看看兩邊沒有人，也曾經扒在門縫上往裡看過。」像李小龍一樣，她也有好奇心，也有孩子氣的一面。通過簡單的行動來刻劃人物性格，比起長篇累牘的描述來得直接有力！

最後說一下語言的錘煉。這是汪曾祺小說的過人之處，一般人或許以為寫詩才要斟酌字眼，寫小說可以隨意。不是這樣的，一篇耐讀的小說在語言方面同樣需要細心斟酌。整篇小說用字極其簡練，多用短句，讀起來份外輕快。所謂「情人眼裡出西施」，李小龍眼中的王玉英有多美呢？文中如此交代：「紅花、綠葉、黑黑的臉、明亮的眼睛、白的牙，這是李小龍天天看的一張畫。」喜歡一個人，是很簡單的一件事，黑黑的皮膚，明亮的眼睛，白白的牙齒，足矣，華麗的形容詞是多餘的。

除了運用不同手法來渲染故事、刻劃人物，這篇小說還有深層的喻意，如不加以推敲，不易明瞭。這又必須從故事開頭的那條巷子講起，細心的讀者不難發現那條不長的李家巷充滿着玄機。以下是李家巷各戶人家的示意圖：

陳家	（北）	油坊堆棧
	李家巷	王家
李家	（南）	夏家

從作家對李家巷的描述，我們可以猜到一些東西，比如李小龍家是最體面、最富有的人家，因為這條南北向的巷子就叫「李家巷」，又「陳家往南，直到巷子的南口，都是李家的房子」。陳家、夏家各有特色。陳家種了幾棵大石榴，開花的時候，一院子都是紅通通的，顯得很鮮艷、熱鬧。夏家更講究，尤其重視過中秋，養荷花、桂花，養魚，準備好多吃食，小孩子都往夏家跑。夏家應該也是家境不錯的。這條巷裡只有王家顯得孤清寒傖，那些晚飯花都是野生的……所以，李小龍和王玉英從一開始就是不可能的，李家不會允許他家少爺娶對門的貧家女的。

鑒賞家

【題解】

　　〈鑒賞家〉是汪曾祺八十年代復出文壇的另一代表作,寫於一九八二年,汪老時年六十二歲。汪曾祺這個時期的小說抒情味最濃,小說人物總能讓人留下深刻印象。此篇文字沖淡凝練,多用四、六言,兼用對偶、排比,讀起來既有音樂感,也有畫面感。小說中葉三與季匋民的情誼脫胎自伯牙、子期之交,二人雖然身份懸殊,卻份外惺惺相惜。

【文本】

　　全縣第一個大畫家是季匋民,第一個鑒賞家是葉三。

　　葉三是個賣果子的。他這個賣果子的和別的賣果子的不一樣。不是開鋪子的,不是擺攤的,也不是挑着擔子走街串巷的。他專給大宅門送果子。也就是給二三十家送。這些人家他走得很熟,看門的和

狗都認識他。到了一定的日子，他就來了。裡面聽到他敲門的聲音，就知道：是葉三。挎着一個金絲篾籃，籃子上插一把小秤，他走進堂屋，揚聲稱呼主人。主人有時走出來跟他見見面，有時就隔着房門說話。「給您稱——？」——「五斤」。什麼果子，是看也不用看的，因為到了什麼節令送什麼果子都是一定的。葉三賣果子從不說價。買果子的人家也總不會虧待他。有的人家當時就給錢，大多數是到節下（端午、中秋、新年）再說。葉三把果子稱好，放在八仙桌上，道一聲「得罪」，就走了。他的果子不用挑，個個都是好的。他的果子的好處，第一是得四時之先。市上還沒有見這種果子，他的籃子裡已經有了。第二是都很大，都均勻，很香，很甜，很好看。他的果子全都從他手裡過過，有疤的、有蟲眼的、擠筐、破皮、變色、過小的全都剔下來，賤價賣給別的果販。他的果子都是原裝；有些是直接到產地採辦來的，都是「樹熟」，——不是在米糠裡悶熟了的。他經常出外，出去買果子比他賣果子的時間要多得多。他也很喜歡到處跑。四鄉八鎮，哪個園子裡，什麼人家，有一棵什麼出名的好果樹，他都知道，而且和園主打了多年交道，熟得像是親家一樣了。——別的賣果子的下不了這樣的功夫，也不知道這些路道。到處走，能看見很多好景致，知道各地鄉風，可資談助，對身體也好。他很少得病，就是因為路走得多。

立春前後，賣青蘿蔔。「棒打蘿蔔」，摔在地下就裂開了。杏子、桃子下來時賣雞蛋大的香白杏，白得像一團雪，只嘴兒以下有一根紅線的「一線紅」蜜桃。再下來是櫻桃，紅的像珊瑚，白的像瑪瑙。端午前後，枇杷。夏天賣瓜。七八月賣河鮮：鮮菱、雞頭、蓮蓬、花下藕。賣馬牙棗，賣葡萄。重陽近了，賣梨：河間府的鴨梨、萊陽的半斤酥，還有一種叫做「黃金墜子」的香氣撲人個兒不大的甜

梨。菊花開過了，賣金橘，賣蒂部起臍子的福州蜜橘。入冬以後，賣栗子、賣山藥（粗如小兒臂）、賣百合（大如拳）、賣碧綠生鮮的檀香橄欖。

他還賣佛手、香櫞。人家買去，配架裝盤，書齋清供，聞香觀賞。

不少深居簡出的人，是看到葉三送來的果子，才想起現在是什麼節令了的。

葉三賣了三十多年果子，他的兩個兒子都成人了。他們都是學布店的，都出了師了。老二是三櫃，老大已經升為二櫃了。誰都認為老大將來是會升為頭櫃，並且會當管事的。他天生是一塊好材料。他是店裡頭一把算盤，年終結總時總得由他坐在賬房裡嘩嘩剝剝打好幾天。接待廠家的客人，研究進貨（進貨是個大學問，是一年的大計，下年多進哪路貨，少進哪路貨，哪些必須常備，哪些可以試銷，關係全年的盈虧），都少不了他。老二也很能幹。量尺、撕布（撕布不用剪子開口，兩手的兩個指頭夾着，借一點巧勁，嗤 —— 的一聲，布就撕到頭了），乾淨利落。店伙的動作快慢，也是一個布店的招牌。顧客總願意從手腳麻利的店伙手裡買布。這是天分，也靠練習。有人就一輩子都是遲鈍笨拙，改不過來。不管幹哪一行，都是人比人，這是沒有辦法的事。弟兄倆都長得很神氣，眉清目秀，不高不矮。布店的店伙穿得都很好。什麼料子時新，他們就穿什麼料子。他們的衣料當然是價廉物美的。他們買衣料是按進貨價算的，不加利潤；若是零頭，還有折扣。這是布店的規矩，也是老闆樂為之的，因為店伙穿得時髦，也是給店裡裝門面的事。有的顧客來買布，常常指着店伙的長衫或翻在外面的短衫的袖子：

「照你這樣的，給我來一件。」

弟兄倆都已經成了家，老大已經有一個孩子，—— 葉三抱孫子了。

這年是葉三五十歲整生日，一家子商量怎麼給老爺子做壽。老大老二都提出爹不要走宅門賣果子了，他們養得起他。

葉三有點生氣了：

「嫌我給你們丟人？兩位大布店的『先生』，有一個賣果子的老爹，不好看？」

兒子連忙解釋：

「不是的。你老人家歲數大了，老在外面跑，風裡雨裡，水路旱路，做兒子的心裡不安。」

「我跑慣了。我給這些人家送慣了果子。就為了季四太爺一個人，我也得賣果子。」

季四太爺即季匋民。他大排行是老四，城裡人都稱之為四太爺。

「你們也不用給我做什麼壽。你們要是有孝心，把四太爺送我的畫拿出去裱了，再給我打一口壽材。」這裡有這樣一種風俗，早早就把壽材準備下了，為的討個吉利：添福添壽。於是就都依了他。

葉三還是賣果子。

他真是為了季匋民一個人賣果子的。他給別人家送果子是為了掙錢，他給季匋民送果子是為了愛他的畫。

季匋民有一個脾氣，一邊畫畫，一邊喝酒。喝酒不就菜，就水果。畫兩筆，湊着壺嘴喝一大口酒，左手拈一片水果，右手執筆接着畫。畫一張畫要喝二斤花雕，吃斤半水果。

葉三搜羅到最好的水果，總是首先給季匋民送去。

季匋民每天一起來就走進他的小書房 —— 畫室。葉三不須通報，由一個小六角門進去，走過一條碎石鋪成的冰花曲徑，隔窗看見

季匋民，就提着、捧着他的鮮果走進去。

「四太爺，枇杷，白沙的！」

「四太爺，東墩的西瓜，三白！—— 這種三白瓜有點梨花香味，別處沒有！」

他給季匋民送果子，一來就是半天。他給季匋民磨墨、漂朱膘、研石青石綠、抻紙。季匋民畫的時候，他站在旁邊很入神地看，專心致意，連大氣都不出。有時看到精彩處，就情不自禁的深深吸一口氣，甚至小聲地驚呼起來。凡是葉三吸氣、驚呼的地方，也正是季匋民的得意之筆。季匋民從不當眾作畫，他畫畫有時是把書房門鎖起來的。對葉三可例外，他很願意有這樣一個人在旁邊看着，他認為葉三真懂，葉三的讚賞是出於肺腑，不是假充內行，也不是諛媚。

季匋民最討厭聽人談畫。他很少到親戚家應酬。實在不得不去的，他也是到一到，喝半盞茶就道別。因為席間必有一些假名士高談闊論。因為季匋民是大畫家，這些名士就特別愛在他面前評書論畫，藉以賣弄自己高雅博學。這種議論全都是道聽途說，似通不通。季匋民聽了，實在難受。他還知道，他如果隨聲答音，應付幾句，某一名士就會在別的應酬場所重販他的高論，且說：「兄弟此言，季匋民亦深為首肯。」

但是他對葉三另眼相看。

季匋民最佩服李復堂[1]。他認為揚州八怪裡復堂功力最深，大幅小品都好，有筆有墨，也奔放；也嚴謹，也渾厚，也秀潤，而且不裝模作樣，沒有江湖氣。有一天葉三給他送來四開李復堂的冊頁，使季匋民大吃一驚：這四開冊頁是真的！季匋民問他是多少錢買的，葉三說沒花錢。他到三垛販果子，看見一家的櫃櫥的玻璃裡鑲了四幅畫，—— 他在四太爺這裡看過不少李復堂的畫，能辨認，他用四張

「蘇州片」^{〔2〕}跟那家換了。「蘇州片」花花綠綠的，又是簇新的，那家還很高興。

　　葉三只是從心裡喜歡畫，他從不瞎評論。季匋民畫完了畫，釘在壁上，自己負手遠看，有時會問葉三：

　　「好不好？」

　　「好！」

　　「好在哪裡？」

　　葉三大多能一句話說出好在何處。

　　季匋民畫了一幅紫藤，問葉三。

　　葉三說：「紫藤裡有風。」

　　「唔！你怎麼知道？」

　　「花是亂的。」

　　「對極了！」

　　季匋民提筆題了兩句詞：

　　　　深院悄無人，風拂紫藤花亂。

　　季匋民畫了一張小品，老鼠上燈台。葉三說：「這是一隻小老鼠。」

　　「何以見得？」

　　「老鼠把尾巴捲在燈枱柱上。牠很頑皮。」

　　「對！」

　　季匋民最愛畫荷花。他畫的都是墨荷。他佩服李復堂，但是畫風和復堂不似。李畫多凝重，季匋民飄逸。李畫多用中鋒，季匋民微用側筆，──他寫字寫的是章草。李復堂有時水墨淋漓，粗頭亂服，

意在筆先；季匋民沒有那樣的恣悍，他的畫是大寫意，但總是筆意俱到，收拾得很乾淨，而且筆致疏朗，善於利用空白。他的墨荷參用了張大千，但更為舒展。他畫的荷葉不勾筋，荷梗不點刺，且喜作長幅，荷梗甚長，一筆到底。

有一天，葉三送了一大把蓮蓬來，季匋民一高興，畫了一幅墨荷，好些蓮蓬。畫完了，問葉三：「如何？」

葉三說：「四太爺，你這畫不對。」

「不對？」

「『紅花蓮子白花藕』。你畫的是白荷花，蓮蓬卻這樣大，蓮子飽，墨色也深，這是紅荷花的蓮子。」

「是嗎？我頭一回聽見！」

季匋民於是展開一張八尺生宣，畫了一張紅蓮花，題了一首詩：

> 紅花蓮子白花藕，
> 果販葉三是我師。
> 慚愧畫家少見識，
> 為君破例着胭脂。

季匋民送了葉三很多畫。——有時季匋民畫了一張畫，不滿意，團掉了。葉三撿起來，過些日子送給季匋民看看，季匋民覺得也還不錯，就略改改，加了題，又送給了葉三。季匋民送給葉三的畫都是題了上款的。葉三也有個學名。他五行缺水，起名潤生。季匋民給他起了個字，叫澤之。送給葉三的畫上，常題「澤之三兄雅正」。有時逕題「畫與葉三」。季匋民還向他解釋：以排行稱呼，是古人風氣，不是看不起他。

有時季匋民給葉三畫了畫，説：「這張不題上款吧，你可以拿去賣錢，——有上款不好賣。」

葉三説：「題不題上款都行。不過您的畫我不賣！」

「不賣？」

「一張也不賣！」

他把季匋民送他的畫都放在他的棺材裡。

十多年過去了。

季匋民死了。葉三已經不賣果子，但是他四季八節，還四處尋覓鮮果，到季匋民墳上供一供。

季匋民死後，他的畫價大增。日本有人專門收藏他的畫。大家知道葉三手裡有很多季匋民的畫，都是精品。很多人想買葉三的藏畫。葉三説：

「不賣。」

有一天有一個外地人來拜望葉三，葉三看了他的名片，這人的姓很奇怪。姓「辻」，叫「辻聽濤」。一問，是日本人。辻聽濤説他是專程來看他收藏的季匋民的畫的。

因為是遠道來的，葉三只得把畫拿出來。辻聽濤非常虔誠，要了清水洗了手，焚了一炷香，還先對畫軸拜了三拜，然後才展開。他一邊看，一邊不停地讚歎：

「喔！喔！真好！真是神品！」

辻聽濤要買這些畫，要多少錢都行。

葉三説：

「不賣。」

辻聽濤只好悵然而去。

葉三死了。他的兒子遵照父親的遺囑，把季匋民的畫和父親一起

裝在棺材裡，埋了。

一九八二年二月二十八日

載一九八二年第五期《北京文學》

【注釋】

〔1〕 李復堂，名鱓，字宗揚，復堂是他的號，又號懊道人。他是康熙年間的舉人，當過滕縣知縣，因為得罪上級，功名和官都被革掉了，終年只做畫師。他作畫有時得向鄭板橋去借紙，大概是相當窮困的。他本畫工筆，是宮廷畫家蔣廷錫的高足。後到揚州，改畫寫意，師法高其佩，受徐青藤、八大、石濤的影響，風度大變，自成一家。

〔2〕 蘇州片，指仿舊的畫，多為工筆花鳥，設色嬌豔，舊時多為蘇州畫工所作，行銷各地，故稱「蘇州片」。蘇州片也有仿製得很好的，並不俗氣。

【賞析】

「鑒賞家」是一個冠冕堂皇的銜頭，一般指那些厚於貲財而又百無聊賴不得已附庸風雅的闊佬，最不濟也是些高學歷，有一定社會地位的專業人士。可是，小說中指的卻是一名叫「葉三」的果販。在小說的命名上造成反差，反差帶來閱讀的新鮮感，打破一般人對「鑒賞家」的理解。然而，當我們慢慢讀下去，便會同意汪老所說，葉三是一位真正的藝術「鑒賞家」！

首先，從結構上來看，這篇小說詳略有致，用意在刻劃葉三的藝術氣質。小說可以分成五個部分。

第一段是點題，指出全縣第一的大畫家是季匋民，第一的鑒賞家是葉三。繼而描述葉三賣果子、採購果子的情況。這幾段描述足見葉三是個「不平凡」的果販，身上流露的是藝術家的風範。雖然是個賣水果的，他不隨便賣，不開鋪、不擺攤、不挑着擔子送，只給大宅門送果子。他挎着一個金絲篾籃去送水果，從不說價，話也不多，完全不像一個生意人。而他賣的水果簡直是藝術品：均勻、香甜、好看，隨時節變更。為什麼他賣的水果質量如此之高？因為全經過嚴挑細選，葉三把不及格的果子全剔下來，賤價賣給別的果販。另一方面，他不憚辛勞，喜歡到處跑，尋找好的果樹，直接跟園主採購。

　　接下來第三部分寫葉三的兩個兒子，看似與主題無關，其實是為了引出葉三賣水果的真正原因，就是為了賣給季匋民一人，而給季匋民送水果不是為了掙錢，而是愛他的畫。至此，讀者明瞭葉三的真正愛好。第四部分就是小說的高潮，所佔篇幅最多，通過與假名士論畫的對比，再藉「風拂紫藤花亂」、「老鼠上燈台」、「紅花蓮子白花藕」三段精彩的點評帶出葉三才是真正的「鑒賞家」。這三段點評寫得真好，文字簡潔典雅，意境亦美。葉三三言兩語道出畫的精彩處，是真「懂」。大畫家也不嫌棄他的身份，所謂知音難得，彼此惺惺相惜。最後一部分是收結，交代季匋民死後，葉三至死不賣他的藏品，這裡再次看到一個真正的鑒賞家的風骨。至此，沒有讀者會反對葉三是全縣第一的鑒賞家。

　　這一篇小說與汪曾祺八十年代其他作品一樣，都是作家以一種平等、欣賞的眼光來觀察身邊的人和事。這一點很值得我們學習，在這個「現實」的，講求「經濟效益」的社會裡，我們不期然會對一些身份顯赫的人肅然起敬，而忽略了一些平凡人，忽略了他們身上不平凡的特質。汪老在文章裡講到季匋民對假名士的反感，其實講的正是自己的心聲。

　　最後值得一提的是小說裡呈現的風俗。都說汪曾祺善於寫風俗，什麼

是風俗呢？風俗就是民間的傳統，試看葉三賣水果一段：「立春前後，賣青蘿蔔。……再下來是櫻桃，紅的像珊瑚，白的像瑪瑙。……七八月賣河鮮：鮮菱、雞頭、蓮蓬、花下藕。……菊花開過了，賣金橘，賣蒂部起臍子的福州蜜橘。」到什麼時節，就賣當令的果蔬。這段描寫畫面豐富，色彩絢麗，彷彿能嚐到果子的香味。這一切，對於深受全球化影響的現代都市人來說，真是恍如隔世。

職業

【 題 解 】

　　汪曾祺說過這樣的話：「一般都以為〈受戒〉、〈大淖記事〉是我的『代表作』，似乎已有定評，但我的回答出乎一些人的意外：〈職業〉。」（〈職業自賞〉）小說結尾也提到此篇寫於四十年代，八十年代多次改寫。可見，此篇在汪老心中有無可代替的地位，如果不是特別喜歡，不會一直惦記在心裡。

【 文 本 】

　　文林街一年四季，從早到晚，有各種吆喝叫賣的聲音。街上的居民鋪戶、大人小孩、大學生、中學生、小學生、小教堂的牧師，和這些叫賣的人自己，都聽得很熟了。

「有舊衣爛衫找來賣！」

我一輩子也沒有聽見過這麼脆的嗓子，就像一個牙口極好的人咬着一個脆蘿蔔似的。這是一個中年的女人，專收舊衣爛衫。她這一聲真能喝得千門萬戶開，聲音很高，拉得很長，一口氣。她把「有」字切成了「一 ── 尤」，破空而來，傳得很遠（她的聲音能傳半條街）。「舊衣爛衫」稍稍延長，「賣」字有餘不盡：

「一 ── 尤舊衣爛衫⋯⋯找來賣⋯⋯」

「有人買貴州遵義板橋的化風丹⋯⋯？」

我從此人的吆喝中知道了一個一般地理書上所不載的地名：板橋，而且永遠也忘不了，因為我每天要聽好幾次。板橋大概是一個鎮吧，想來還不小。不過它之出名可能就因為出一種叫化風丹的東西。化風丹大概是一種藥吧？這藥是治什麼病的？我無端地覺得這大概是治小兒驚風的。昆明這地方一年能銷多少化風丹？我好像只看見這人走來走去，吆喝着，沒有見有人買過她的化風丹。當然會有人買的，否則她吆喝幹什麼。這位貴州老鄉，你想必是板橋的人了，你為什麼總在昆明呆着呢？你有時也回老家看看麼？

黃昏以後，直至夜深，就有一個極其低沉蒼老的聲音，很悲涼地喊着：

「壁蝨藥！虼蚤藥！」

壁蝨即臭蟲。昆明的跳蚤也是真多。他這時候出來吆賣是有道理的。白天大家都忙着，不到快挨咬，或已經挨咬的時候，想不起買壁蝨藥、屹蚤藥。

有時有苗族的少女賣楊梅、賣玉麥粑粑。

「賣楊梅 ── ！
玉麥粑粑 ── ！」

她們都是苗家打扮，戴一個繡花小帽子，頭髮梳得光光的，衣服乾乾淨淨的，都長得很秀氣。她們賣的楊梅很大，顏色紅得發黑，叫做「火炭梅」，放在竹籃裡，下面襯着新鮮的綠葉。玉麥粑粑是嫩玉米磨製成的粑粑（昆明人叫玉米為包穀，苗人叫玉麥），下一點鹽，蒸熟（蒸出後粑粑上還明顯地保留着拍製時的手指印痕），包在玉米的嫩皮裡，味道清香清香的。這些苗族女孩子把山裡的夏天和初秋帶到了昆明的街頭了。

⋯⋯

在這些耳熟的叫賣聲中，還有一種，是：

「椒鹽餅子西洋糕！」

椒鹽餅子，名副其實：發麵餅，裡面和了一點椒鹽，一邊稍厚，一邊稍薄，形狀像一把老式的木梳，是在鐺上烙出來的，有一點油性，顏色黃黃的。西洋糕即發糕，米麵蒸成，狀如蓮蓬，大小亦如之，有一點淡淡的甜味。放的是糖精，不是糖。這東西和「西洋」可以説是毫無瓜葛，不知道何以命名曰「西洋糕」。這兩種食品都不怎

麼誘人。淡而無味，虛泡不實。買椒鹽餅子的多半是老頭，他們穿着土布衣裳，喝着大葉清茶，抽金堂葉子煙，泛覽周王傳，流觀山海圖，一邊嚼着這種古式的點心，自得其樂。西洋糕則多是老太太叫住，買給她的小孫子吃。這玩意好消化，不傷人，下肚沒多少東西。當然也有其他的人買了充饑，比如拉車的，趕馬的馬鍋頭[1]，在茶館裡打揚琴説書的瞎子……

賣椒鹽餅子西洋糕的是一個孩子。他斜挎着一個腰圓形的扁淺木盆，餅子和糕分別放在木盆兩側，上面蓋一層白布，白布上放一餅一糕作為幌子，從早到晚，穿街過巷，吆喝着：

「椒鹽餅子西洋糕！」

這孩子也就是十一二歲，如果上學，該是小學五六年級。但是他沒有上過學。

我從側面約略知道這孩子的身世。非常簡單。他是個孤兒，父親死得早。母親給人家洗衣服。他還有個外婆，在大西門外擺一個茶攤賣茶，賣葵花子，他外婆還會給人刮痧、放血、拔罐子，這也能得一點錢。他長大了，得自己掙飯吃。母親託人求了糕點鋪的楊老闆，他就作了糕點鋪的小伙計。晚上發麵，天一亮就起來燒火。幫師父蒸糕、打餅，白天挎着木盆去賣。

「椒鹽餅子西洋糕！」

這孩子是個小大人！他非常盡職，毫不貪玩。遇有唱花燈的、耍猴的、耍木腦殼戲的，他從不擠進人群去看，只是找一個有蔭涼、引

人注意的地方站着，高聲吆喝：

「椒鹽餅子西洋糕！」

每天下午，在華山西路、逼死坡前要過龍雲的馬。這些馬每天由馬夫牽到郊外去蹓，放了青，飲了水，再牽回來。他每天都是這時經過逼死坡（據説這是明永曆帝被逼死的地方），他很愛看這些馬。黑馬、青馬、棗紅馬。有一匹白馬，真是一條龍，高腿狹面，長腰秀頸，雪白雪白。牠總不好好走路。馬夫拽着牠的嚼子，牠總是騕騕驍驍的，釘了蹄鐵的馬蹄踏在石板上，郭答郭答。他站在路邊看不厭，但是他沒有忘記吆喝：

「椒鹽餅子西洋糕！」

餅子和糕賣給誰呢？買給這些馬嗎？

他吆喝得很好聽，有腔有調。若是譜出來，就是：

|#556——|532——‖

椒鹽餅子　　西洋糕

放了學的孩子（他們背着書包），也覺得他吆喝得好聽，愛學他。但是他們把字眼改了，變成了：

|#556——|532——‖

捏着鼻子　　吹洋號

昆明人讀「餅」字不走鼻音，「餅子」和「鼻子」很相近。他在

前面吆喝，孩子們在他身後模仿：

「捏着鼻子吹洋號！」

這又不含什麼惡意，他並不發急生氣，愛學就學吧。這些上學的孩子比賣糕餅的孩子要小兩三歲，他們大都吃過他的椒鹽餅子西洋糕。他們長大了，還會想起這個「捏着鼻子吹洋號」，儼然這就是賣糕餅的小大人的名字。

這一天，上午十一點鐘光景，我在一條巷子裡看見他在前面走。這是一條很長的、僻靜的巷子。穿過這條巷子，便是城牆，往左一拐，不遠就是大西門了。我知道今天是他外婆的生日，他是上外婆家吃飯去的（外婆大概燉了肉）。他媽已經先去了。他跟楊老闆請了幾個小時的假，把賣剩的糕餅交回到櫃上，才去。雖然只是背影，但看得出他新剃了頭（這孩子長得不難看，大眼睛，樣子挺聰明），換了一身乾淨衣裳。我第一次看到這孩子沒有挎着淺盆，散着手走着，覺得很新鮮。他高高興興，大搖大擺地走着。忽然回過頭來看看。他看到巷子裡沒有人（他沒有看見我，我去看一個朋友，正在倚門站着），忽然大聲地、清清楚楚地吆喝了一聲：

「捏着鼻子吹洋號！」

這是三十多年前在昆明寫過的一篇舊作，原稿已失去。
前年和去年都改寫過，這一次是第三次重寫了。

一九八二年六月二十九日記
載一九八三年第五期《文匯月刊》

【 注 釋 】

〔1〕 馬鍋頭，是馬幫的趕馬人。不知道為什麼叫馬鍋頭。

【 賞 析 】

〈職業〉的背景是四十年代的昆明。抗日戰爭期間，北京大學、清華大學、南開大學在雲南昆明組成西南聯合大學。一九三九年，十九歲的汪曾祺考上西南聯合大學中文系，在昆明度過幾年難忘的時光，與沈從文結下深厚的師生情誼。這篇小說的題材便是取自這段生活經歷，主人公想必有原型可溯。

〈職業〉看似沒什麼故事情節，其實講了一個很感人的故事，一個貧家孩子堅強地活着，卻又不失童真的故事。當我們讀到故事結尾時，無不發出會心的微笑，又無端生起一股悲哀感。「看似沒什麼故事情節」，因為汪老沒按傳統方法來寫小說，而是巧妙地利用各種「聲音」來貫串全篇，首尾呼應，突出「職業」的主題，進而呈現人追求「自由」的精神狀態。

小說開頭寫了好幾種叫賣聲：「有舊衣爛衫找來賣！」、「有人買貴州遵義板橋的化風丹……？」、「壁蝨藥！蛇蚤藥！」、「賣楊梅——！玉麥粑粑！」，最後才引出「椒鹽餅子西洋糕！」。每一種叫賣聲都有它的特色，都讓汪曾祺學懂了一點什麼，行文之間看出作家的人文關懷。

賣舊衣爛衫的是一個中年婦女，她的聲音很高。汪曾祺說：「我一輩子也沒有聽見過這麼脆的嗓子，就像一個牙口極好的人咬着一個脆蘿蔔似的。」這個比喻非常新鮮，讀者彷彿聽見那個咬蘿蔔的聲音。第二種叫賣

聲讓汪老知道一個地理書上不載的地名——板橋。此地與清代畫家鄭板橋同名，汪老怎麼忘得了？作家還用呼告的手法寫道：「這位貴州老鄉，你想必是板橋的人了，你為什麼總在昆明呆着呢？你有時也回老家看看麼？」足見其對四處飄泊做小買賣的人的關懷。寫了中年女聲，選材上必須作出變化才能提高文章的可讀性，所以接下來寫了低沉蒼老的聲音以及苗族少女清脆動聽的聲音。兩把聲音所叫賣的東西也南轅北轍，前者是治臭蟲的藥，後者是顏色鮮豔、味道清香的楊梅、玉麥粑粑。如此鋪排，呼應小說開頭的「文林街一年四季，從早到晚，有各種吆喝叫賣的聲音」。

然而，這些叫賣聲都只是鋪墊，作家着意要帶出的是最後一把聲音，一把小孩的聲音。小孩叫賣的是「椒鹽餅子西洋糕」，即發麵餅和發糕。作家評道：「這兩種食品都不怎麼誘人。淡而無味，虛泡不實。」既然如此，為什麼特別注意這把叫賣聲呢？因為它是一把小孩的聲音！這個孩子只有十一二歲，本應去學校上學，可他已經有一份「職業」，年紀輕輕便要從早到晚，穿街過巷叫賣，身世叫人感到心酸。但汪老把感情收斂得恰到好處，沒有渲染孩子的悲劇色彩，提及其身世，只說「非常簡單」。這個孩子非常盡職，遇見唱花燈、耍猴的，從不擠進去看；雖然愛看馬，卻沒有忘記吆喝。然後就是文章最精彩的地方：放學的孩子模仿他吆喝，卻把字眼改成「捏着鼻子吹洋號」。關於這一情節，作家本可稍加渲染，略抒感慨，但是汪老沒有這樣做，因為有時含蓄的表達方式更能打動讀者。

故事的結尾講到某天，他外婆生日，他要去外婆家吃飯，請了幾個小時假。此時，他雙手空空，見四下無人，便喊起「捏着鼻子吹洋號」。至此，小說曳然結束，給讀者留下無盡的想像空間。整篇小說以平和的語調來敘述，情節也很簡單，但結尾那一句「捏着鼻子吹洋號」卻表現了孩子渴望自由的心。汪老把這份「悲哀」的情緒隱藏在歡樂的模仿聲之中。

故里三陳

【題解】

「故里三陳」，誠如其名，記作家故里三位陳姓人氏，即陳小手、陳四、陳泥鰍。他們雖然是鄉村裡的普通人，卻都身懷「絕技」，算得上一號人物。汪曾祺化用古代筆記小說的筆法，把人物寫得活靈活現，行文用語夾帶一股文人情致，涉筆成趣，讀起來別有一番風味。

【文本】

陳小手

我們那地方，過去極少有產科醫生。一般人家生孩子，都是請老娘。什麼人家請哪位老娘，差不多都是固定的。一家宅門的大少奶奶、二少奶奶、三少奶奶，生的少爺、小姐，差不多都是一個老娘接

生的。老娘要穿房入戶，生人怎麼行？老娘也熟知各家的情況，哪個年長的女傭人可以當她的助手，當「抱腰的」，不需臨時現找。而且，一般人家都迷信哪個老娘「吉祥」，接生順當。——老娘家都供着送子娘娘，天天燒香。誰家會請一個男性的醫生來接生呢？——我們那裡學醫的都是男人，只有李花臉的女兒傳其父業，成了全城僅有的一位女醫人。她也不會接生，只會看內科，是個老姑娘。男人學醫，誰會去學產科呢？都覺得這是一樁丟人沒出息的事，不屑為之。但也不是絕對沒有。陳小手就是一位出名的男性的產科醫生。

　　陳小手的得名是因為他的手特別小，比女人的手還小，比一般女人的手還更柔軟細嫩。他專能治難產。橫生、倒生，都能接下來（他當然也要借助於藥物和器械）。據說因為他的手小，動作細膩，可以減少產婦很多痛苦。大戶人家，非到萬不得已，是不會請他的。中小戶人家，忌諱較少，遇到產婦胎位不正，老娘束手，老娘就會建議：「去請陳小手吧。」

　　陳小手當然是有個大名的，但是都叫他陳小手。

　　接生，耽誤不得，這是兩條人命的事。陳小手餵着一匹馬。這匹馬渾身雪白，無一根雜毛，是一匹走馬。據懂馬的行家説，這馬走的腳步是「野雞柳子」，又快又細又勻。我們那裡是水鄉，很少人家養馬。每逢有軍隊的騎兵過境，大家就爭着跑到運河堤上去看「馬隊」，覺得非常好看。陳小手常常騎着白馬趕着到各處去接生，大家就把白馬和他的名字聯繫起來，稱之為「白馬陳小手」。

　　同行的醫生，看內科的、外科的，都看不起陳小手，認為他不是醫生，只是一個男性的老娘。陳小手不在乎這些，只要有人來請，立刻跨上他的白馬，飛奔而去。正在呻吟慘叫的產婦聽到他的馬脖子上的鑾鈴的聲音，立刻就安定了一些。他下了馬，即刻進產房。過了一

會（有時時間頗長），聽到「哇」的一聲，孩子落地了。陳小手滿頭大汗，走了出來，對這家的男主人拱拱手：「恭喜恭喜！母子平安！」男主人滿面笑容，把封在紅紙裡的酬金遞過去。陳小手接過來，看也不看，裝進口袋裡，洗洗手，喝一杯熱茶，道一聲「得罪」，出門上馬。只聽見他的馬的鑾鈴聲「嘩棱嘩棱」……走遠了。

陳小手活人多矣。

有一年，來了聯軍。我們那裡那幾年打來打去的，是兩支軍隊。一支是國民革命軍，當地稱之為「黨軍」；相對的一支是孫傳芳的軍隊。孫傳芳自稱「五省聯軍總司令」，他的部隊就被稱為「聯軍」。聯軍駐紮在天王寺，有一團人。團長的太太（誰知道是正太太還是姨太太），要生了，生不下來。叫來幾個老娘，還是弄不出來。這太太殺豬也似的亂叫。團長派人去叫陳小手。

陳小手進了天王寺。團長正在產房外面不停地「走柳」。見了陳小手，說：

「大人，孩子，都得給我保住！保不住要你的腦袋！進去吧！」

這女人身上的脂油太多了，陳小手費了九牛二虎之力，總算把孩子掏出來了。和這個胖女人較了半天勁，累得他筋疲力盡。他迤邐歪斜走出來，對團長拱拱手：

「團長！恭喜您，是個男伢子，少爺！」

團長齜牙笑了一下，說：「難為你了！——請！」

外邊已經擺好了一桌酒席，副官陪着。陳小手喝了兩盅。團長拿出二十塊現大洋，往陳小手面前一送：

「這是給你的！——別嫌少哇！」

「太重了！太重了！」

喝了酒，揣上二十塊現大洋，陳小手告辭了：「得罪！得罪！」

「不送你了！」

陳小手出了天王寺，跨上馬。團長掏出槍來，從後面，一槍就把他打下來了。

團長說：「我的女人，怎麼能讓他摸來摸去！她身上，除了我，任何男人都不許碰！這小子，太欺負人了！日他奶奶！」

團長覺得怪委屈。

一九八二年八月一日急就

陳四

陳四是個瓦匠，外號「向大人」。

我們那個城裡，沒有多少娛樂。除了聽書，瞧戲，大家最有興趣的便是看會，看迎神賽會，——我們那裡叫做「迎會」。

所迎的神，一是城隍，一是都土地。城隍老爺是陰間的一縣之主，但是他的爵位比陽間的縣知事要高得多，敕封「靈應侯」。他的氣派也比縣知事要大得多。縣知事出巡，哪有這樣威嚴，這樣多的儀仗隊伍，還有各種雜耍玩藝的呢？再說打我記事起，就沒見過縣知事出巡過，他們只是坐了一頂小轎或坐了自備的黃包車到處去拜客。都土地東西南北四城都有，保佑境內的黎民，地位相當於一個區長。他比活着的區長要神氣得多，但比城隍菩薩可就差了一大截了。他的爵位是「靈顯伯」。都土地都是有名有姓的。我所居住的東城的都土地是張巡。張巡為什麼會到我的家鄉來當都土地呢，他又不是戰死在我們那裡的，這一點我始終沒有弄明白。張巡是太守，死後為什麼倒降職成了區長了呢？我也不明白。

都土地出巡是沒有什麼看頭的。短簇簇的一群人，打着一些稀稀落落的儀仗，把都天菩薩（都土地為什麼被稱為「都天菩薩」，這一點我也不明白）抬出來轉一圈，無聲無息地，一會兒就過完了。所謂「看會」，實際上指的是看賽城隍。

我記得的賽城隍是在夏秋之交，陰曆的七月半，正是大熱的時候。不過好像也有在十月初出會的。

那真是萬人空巷，傾城出觀。到那天，凡城隍所經的耍鬧之處的店鋪就都做好了準備：燃香燭，掛宮燈，在店堂前面和臨街的櫃枱裡面放好了長凳，有樓的則把樓窗全部打開，燒好了茶水，等着東家和熟主顧人家的眷屬光臨。這時正是各種瓜果下來的時候，牛角酥、奶奶哼（一種很「麵」的香瓜）、紅瓤西瓜、三白西瓜、鴨梨、檳子、海棠、石榴，都已上市，瓜香果味，飄滿一街。各種賣吃食的都出動了，爭奇鬥勝，吟叫百端。到了八九點鐘，看會的都來了。老太太、大小姐、小少爺。老太太手裡拿着檀香佛珠，大小姐衣襟上掛着一串白蘭花。傭人手裡提着食盒，裡面是興化餅子、綠豆糕，各種精細點心。

遠遠聽見鞭炮聲、鑼鼓聲：「來了，來了！」於是各自坐好，等着。

我們那裡的賽會和魯迅先生所描寫的紹興的賽會不盡相同。前面並無所謂「塘報」。打頭的是「拜香的」。都是一些十六七歲的小伙子，光頭淨臉，頭上繫一條黑布帶，前額綴一朵紅絨球，青布衣衫，赤腳草鞋，手端一個紅漆的小板凳，板凳一頭釘着一個鐵管，上插一枝安息香。他們合着節拍，依次走着，每走十步，一齊回頭，把板凳放到地上，算是一拜，隨即轉身再走。這都是為了父母生病到城隍廟許了願的，「拜香」是還願。後面是「掛香」的，則都是壯漢，

用一個小鐵勾勾進左右手臂的肉裡，下繫一個帶鏈子的錫香爐，爐裡燒着檀香。掛香多的可至香爐三對。這也是還願的。後面就是各種玩藝了。

十番鑼鼓音樂篷子。一個長方形的布篷，四面繡花篷簷，下綴走水流蘇。四角支竹竿，有人撐着。裡面是吹手，一律是笙簫細樂，邊走邊吹奏。鑼鼓篷悉有五七篷，每隔一段玩藝有一篷。

茶擔子。金漆木桶，桶口翻出，上置一圈細瓷茶杯，桶內和杯內都裝了香茶。

花擔子。鮮花裝飾的擔子。

挑茶擔子、花擔子的扁擔都極軟，一步一顫。腳步要勻，三進一退，各依節拍，不得錯步。茶擔子、花擔子雖無很難的技巧，但幾十副擔子同時進退，整整齊齊，亦頗婀娜有致。

舞龍。

舞獅子。

跳大頭和尚戲柳翠。[1]

跑旱船。

跑小車。

最清雅好看的是「站高肩」。下面一個高大結實的男人，挺胸調息，穩穩地走着，肩上站着一個孩子，也就是五六歲，都扮着戲，青蛇、白蛇、法海、許仙，關、張、趙、馬、黃，李三娘、劉知遠、咬臍郎、火公竇老……他們並無動作，只是在大人的肩上站着，但是衣飾鮮麗，孩子都長得清秀伶俐，惹人疼愛。「高肩」不是本城所有，是花了大錢從揚州請來的。

後面是高蹺。

再後面是跳判的。判有兩種，一種是「地判」，一文一武，手執

朝笏，邊走邊跳。一種是「抬判」。兩根杉篙，上面綁着一個特製的圈椅，由四個人抬着。圈椅上蹲着一個判官。下面有人舉着一個紮在一根細長且薄的竹片上的紅綢做的蝙蝠，逗着判官。竹片極軟，有彈性，忽上忽下，判官就追着蝙蝠，做出各種帶舞蹈性的動作。他有時會跳到椅背上，甚至能在上面打飛腳。抬判不像地判只是在地面做一些滑稽的動作，這是要會一點「輕功」的。有一年看會，發現跳抬判的竟是我的小學的一個同班同學，不禁啞然。

迎會的玩藝到此就結束了。這些玩藝的班子，到了一些大店鋪的門前，店鋪就放鞭炮歡迎，他們就會停下來表演一會，或繞兩個圈子。店鋪常有犒賞。南貨店送幾大包蜜棗，茶食店送糕餅，藥店送涼藥洋參，綢緞店給各班掛紅，錢莊則乾脆扛出一錢板一錢板的銅元，俵散眾人。

後面才真正是城隍老爺（叫城隍為「老爺」或「菩薩」都可以，隨便的）自己的儀仗。

前面是開道鑼。幾十面大篩同時敲動。篩極大，得吊在一根桿子上，前面擔在一個人的肩上，後面的人擔着桿子的另一頭，敲。大篩的節奏是非常單調的：哐（鑼槌頭一擊）定定（槌柄兩擊篩面）哐定定哐，哐定定哐定定哐……如此反復，絕無變化。唯其單調，所以顯得很莊嚴。

後面是虎頭牌。長方形的木牌，白漆，上畫虎頭，黑漆扁宋體黑字，大書「肅靜」、「回避」、「敕封靈應侯」、「保國佑民」。

後面是傘，——萬民傘。傘有多柄，都是各行同業公會所獻，彩緞繡花，緙絲平金，各有特色。我們縣裡最講究的幾柄傘卻是紙傘。硖石所出。白宣紙上扎出芥子大的細孔，利用細孔的虛實，襯出蟲魚花鳥。這幾柄宣紙傘後來被城隍廟的道士偷出來拆開一扇一扇地賣

了，我父親曾收得幾扇。我曾看過紙傘的殘片，真是精細絕倫。

最後是城隍老爺的「大駕」。八台大轎，抬轎的都是全城最好的轎夫。他們踏着細步，穩穩地走着。轎頂四面鵝黃色的流蘇均勻地起伏擺動着。城隍老爺一張油白大臉，疏眉細眼，五綹長鬚，蟒袍玉帶，手裡捧着一柄很大的摺扇，端端地坐在轎子裡。這時，人們的臉上都嚴肅起來了，正如魯迅先生所說：誠惶誠恐，不勝屏營待命之至。

城隍老爺要在行宮（也是一座廟裡）呆半天，到傍晚時才「回宮」。回宮時就只剩下少許人扛着儀仗執事，抬着轎子，飛跑着從街上走過，沒有人看了。

且說高蹺。

我見過幾個地方的高蹺，都不如我們那裡的。我們那裡的高蹺，一是高，高至丈二。踩高蹺的中途休息，都是坐在人家的房簷口。我們縣的踩高蹺的都是瓦匠，無一例外。瓦匠不怕高。二是能玩出許多花樣。

高蹺隊前面有兩個「開路」的，一個手執兩個棒槌，不停地「郭郭，郭郭」地敲着。一個手執小銅鑼，敲着「光光，光光」。他們的聲音合在一起，就是「郭郭，光光；郭郭，光光。」我總覺得這「開路」的來源是頗久遠的。老遠地聽見「郭郭，光光」，就知道高蹺來了，人們就振奮起來。

高蹺隊打頭的是漁、樵、耕、讀。就中以漁公、漁婆最逗。他們要矮身蹲在高蹺上橫步跳來跳去做釣魚撒網各種動作，重心很不好掌握。後面是幾齣戲文。戲文以《小上墳》最動人。小丑和旦角都要能踩「花梆子」碎步。這一齣是帶唱的。唱的腔調是柳枝腔。當中有一齣「賈大老爺」。這賈大老爺不知是何許人，只是一個衙役在戲

弄他，賈大老爺不時對着一個夜壺口喝酒。他的顢頇總是引得看的人大笑。殿底的是「火燒向大人」。三個角色：一個鐵公雞，一個張嘉祥，一個向大人。向大人名榮，是清末的大將，以鎮壓太平天國有功，後死於任。看會的人是不管他究竟是誰的，也不論其是非功過，只是看扮演向大人的「演員」的功夫。那是很難的。向大人要在高蹺上蹐馬，在高蹺上坐轎，——兩隻手抄在前面，「存」着身子，兩隻腳（兩隻蹺）一撩一撩地走，有點像戲台上「走矮子」。他還要能在高蹺上做「探海」、「射雁」這些在平地上也不好做的高難動作（這可真是「高難」，又高又難）。到了挨火燒的時候，還要左右躲閃，簸腦袋，甩鬍鬚，連連轉圈。到了這時，兩旁店鋪裡的看會人就會炸雷也似地大聲叫起「好」來。

擅長表演向大人的，只有陳四，別人都不如。

到了會期，陳四除了在縣城表演一回，還要到三垛去趕一場。縣城到三垛，四十五里。陳四不卸裝，就登在高蹺上沿着澄子河堤趕了去。趕到那裡準不誤事。三垛的會，不見陳四的影子，菩薩的大駕不起。

有一年，城裡的會剛散，下了一陣雷暴雨，河堤上不好走，他一路趕去，差點沒摔死。到了三垛，已經誤了。

三垛的會首喬三太爺抽了陳四一個嘴巴，還罰他當眾跪了一炷香。

陳四氣得大病了一場。他發誓從此再也不踩高蹺。

陳四還是當他的瓦匠。

到冬天，賣燈。

冬天沒有什麼瓦匠活，我們那裡的瓦匠冬天大都以糊紙燈為副業，到了燈節前，擺攤售賣。陳四的燈攤就擺在保全堂廊簷下。他糊

的燈很精緻。荷花燈、繡球燈、兔子燈。他糊的蛤蟆燈，綠背白腹，背上用白粉點出花點，四隻爪子是活的，提在手裡，來回划動，極其靈巧。我每年要買他一盞蛤蟆燈，接連買了好幾年。

陳泥鰍

鄰近幾個縣的人都說我們縣的人是黑屁股。氣得我的一個姓孫的同學，有一次當着很多人褪下了褲子讓人看：「你們看！黑嗎？」我們當然都不是黑屁股。黑屁股指的是一種救生船。這種船專在大風大浪的湖水中救人、救船，因為船尾塗成黑色，所以叫做黑屁股。說的是船，不是人。

陳泥鰍就是這種救生船上的一個水手。

他水性極好，不愧是條泥鰍。運河有一段叫清水潭。因為民國十年、民國二十年都曾在這裡決口，把河底淘成了一個大潭。據說這裡的水深，三篙子都打不到底。行船到這裡，不能撐篙，只能蕩槳。水流也很急，水面上擰着一個一個漩渦。從來沒有人敢在這裡游水。陳泥鰍有一次和人打賭，一氣游了個來回。當中有一截，他半天不露腦袋，半天半天，岸上的人以為他沉了底，想不到一會，他笑嘻嘻地爬上岸來了！

他在通湖橋下住。非遇風浪險惡時，救生船一般是不出動的。他看看天色，知道湖裡不會出什麼事，就呆在家裡。

他也好義，也好利。湖裡大船出事，下水救人，這時是不能計較報酬的。有一次一隻裝豆子的船在琵琶閘炸了，炸得粉碎。事後知道，是因為船底有一道小縫漏水，水把豆子浸濕了，豆子吃了水，突然間一齊膨脹起來，「砰」的一聲把船撐炸了 —— 那力量是非常之大

的。船碎了，人掉在水裡。這時跳下水救人，能要錢麼？民國二十年，運河決口，陳泥鰍在激浪裡救起了很多人。被救起的都已經是家破人亡，一無所有了，陳泥鰍連人家的姓名都沒有問，更談不上要什麼酬謝了。在活人身上，他不能討價；在死人身上，他卻是不少要錢的。

人淹死了，屍首找不着。事主家裡一不願等屍首泡脹漂上來，二不願屍首被「四水捭子」[2]勾得稀爛八糟，這時就會來找陳泥鰍。陳泥鰍不但水性好，且在水中能開眼見物。他就在出事地點附近，察看水流風向，然後一個猛子扎下去，潛入水底，伸手摸觸。幾個猛子之後，他準能把一個死屍托上來。不過得事先講明，撈上來給多少酒錢，他才下去。有時討價還價，得磨半天。陳泥鰍不着急，人反正已經死了，讓他在水底多呆一會沒事。

陳泥鰍一輩子沒少掙錢，但是他不置產業，一個積蓄也沒有。他花錢很撒漫，有錢就喝酒尿了，賭錢輸了。有的時候，也偷偷地周濟一些孤寡老人，但囑咐千萬不要說出去。他也不娶老婆。有人勸他成個家，他說：「瓦罐不離井上破，大將難免陣頭亡。淹死會水的。我見天跟水鬧着玩，不定哪天龍王爺就把我請了去。留下孤兒寡婦，我死在陰間也不踏實。這樣多好，吃飽了一家子不飢，無牽無掛！」

通湖橋橋洞裡發現了一具女屍。怎麼知道是女屍？她的長頭髮在洞口外飄動着。行人報了鄉約，鄉約報了保長，保長報到地方公益會。橋上橋下，圍了一些人看。通湖橋是直通運河大閘的一道橋，運河的水由橋下流進澄子河。這座橋的橋洞很高，洞身也很長，但是很狹窄，只有人的肩膀那樣寬。橋以西，橋以東，水面落差很大，水勢很急，翻花捲浪，老遠就聽見訇訇的水聲，像打雷一樣。大家研究，這女屍一定是從大閘閘口沖下來的，不知怎麼會卡在橋洞裡了。不能

就讓她這麼在橋洞裡堵着。可是誰也想不出辦法，誰也不敢下去。

　　去找陳泥鰍。

　　陳泥鰍來了，看了看。他知道橋洞裡有一塊石頭，突出一個尖角（他小時候老在洞裡鑽來鑽去，對洞裡每一塊石頭都熟悉）。這女人大概是身上衣服在這個尖角上絆住了。這也是個巧勁兒，要不，這樣猛的水流，早把她沖出來了。

　　「十塊現大洋，我把她弄出來。」

　　「十塊？」公益會的人吃了一驚，「你要得太多了！」

　　「是多了點。我有急用。這是玩命的事！我得從橋洞西口順水竄進橋洞，一下子把她撥拉動了，就算成了。就這一下。一下子撥拉不動，我就會塞在橋洞裡，再也出不來了！你們也都知道，橋洞只有肩膀寬，沒法轉身。水流這樣急，退不出來。那我就只好陪着她了。」

　　大家都說：「十塊就十塊吧！這是砂鍋搗蒜，一錘子！」

　　陳泥鰍把渾身衣服脫得光光的，道了一聲「對不起了！」縱身入水，順着水流，筆直地竄進了橋洞。大家都捏着一把汗。只聽見欻地一聲，女屍沖出來了。接着陳泥鰍從東面洞口凌空竄出了水面。大家伙發了一聲喊：「好水性！」

　　陳泥鰍跳上岸來，穿了衣服，拿了十塊錢，說了聲「得罪得罪！」轉身就走。

　　大家以為他又是進賭場、進酒店了。沒有，他徑直地走進陳五奶奶家裡。

　　陳五奶奶守寡多年。她有個兒子，去年死了，兒媳婦改了嫁，留下一個孩子。陳五奶奶就守着小孫子過，日子很折皺[3]。這孩子得了急驚風，渾身滾燙，鼻翅扇動，四肢抽搐，陳五奶奶正急得兩眼發直。陳泥鰍把十塊錢交在她手裡，說：「趕緊先到萬全堂，磨一點羚

羊角，給孩子喝了，再抱到王淡人那裡看看！」

　　説着抱了孩子，拉了陳五奶奶就走。

　　陳五奶奶也不知哪裡來的勁，跟着他一同走得飛快。

一九八三年八月一日急就

載一九八三年第九期《人民文學》

【 注 釋 】

〔1〕　大頭和尚戲翠柳，即唐宋雜戲裡的《月明和尚戲柳翠》，演和尚的
　　　　戴一個紙漿做成的很大的和尚腦袋，白色的腦袋，淡青的頭皮，嘻
　　　　嘻地笑着。我們那裡已不知和尚法名月明，只是叫他「大頭和尚」。

〔2〕　四水扞子，是一種在水中打撈東西的用具，四面有彎勾，狀如一小
　　　　鐵錨，而勾尖極銳利。

〔3〕　折皺，這是我的家鄉話，意思是很困難，很不順利。

【 賞 析 】

　　中國古代筆記可從內容上分為「志人」、「志怪」兩種，《世說新語》、
《聊齋志異》分別是兩者的代表。汪曾祺的小說志人為主，取法古代筆記
尤其明顯，其中最經典的首推〈故里三陳〉。

　　此篇從題目到組合形式，都與古代筆記相仿。志人筆記往往通過一二
小事突顯人物性格之「奇特」處。《世說新語·任誕》記王子猷乘興夜
訪戴安道，及至卻又折返，原因是：「吾本乘興而行，興盡而返，何必見

戴！」[1] 王子猷率性而為，不為物縛，由此可見。〈故里三陳·陳小手〉中的陳小手也是一個「奇人」。在舊時代，沒有男人願意學產科，陳小手卻是村裡僅有的男性產科醫生，一奇也；「陳小手」之名來自他那雙比女人還要小的手，這雙手特別柔軟細嫩，尤善於治難產，二奇也；陳小手還餵着一匹白馬，每次出診都騎着牠，這在水鄉是罕見的，三奇也。最後，他給團長太太接生，吃過酒拿過大洋，剛跨上馬，就被團長一槍打了下來，不謂不奇，但最後這一筆卻更多負載批判的意味，暴露政治的黑暗。結尾的安排超出了古代筆記的佈局，新筆記小說畢竟有「新」的一面，如汪曾祺所說：「現代筆記小說當然是要接續古代筆記小說的傳統的，但是不必着意模仿古人。既是現代筆記，總得有點『現代』的東西。第一是思想，不能太舊；第二是文筆，不能有假古董氣。」[2]

除了陳小手形象鮮明，團長同樣呼之欲出，尤其是他在殺人後，如此安慰自己：「我的女人，怎麼能讓他摸來摸去！她身上，除了我，任何男人都不許碰！這小子，太欺負人了！日他奶奶！」通過人物語言反映其性格，正是志人筆記所擅長者。《世說新語》記劉伶一則便是借其語「我以天地為棟宇，屋室為褌衣，諸君何為入我褌中」來表現其瀟脫不羈之個性。[3]

〈故里三陳·陳泥鰍〉與〈故里三陳·陳小手〉異曲同工，陳泥鰍之奇在於熟稔水性。小說通過打撈女屍一事渲染其異能：

　　　　陳泥鰍把渾身衣服脫得光光的，道了一聲「對不起了！」縱身入水，順着水流，筆直地鑽進了橋洞。大家都捏着一把汗。只聽見欻地一聲，女屍沖出來了。接着陳泥鰍從東面洞口凌空鑽出了水面。大家伙發了一聲喊：「好水性！」

不過，寫到他把酬金送到陳五奶奶手上，着她帶小孫子去看病一節，卻非常溫馨。表面上遊手好閒的無業青年其實有一顆助人的熱心。〈故里三陳·陳四〉更多沿用〈大淖記事〉那種大筆寫風俗的手法，用了不少篇幅來描繪賽城隍的熱鬧景象，臨到文末才講到陳四，講到他因不被諒解而決意不再踩高蹺，因為有了前面淋漓盡致的描寫，才能突顯陳四作這個決定的傲氣。這些書寫高郵人事的短篇，雖然借鑒了筆記的體制，但思想內容還是貼近汪氏一貫的作風，彰顯人性美。

【 注 釋 】

〔１〕　徐震堮：《世說新語校箋》（北京：中華書局，一九八四年），下冊，頁四〇八。
〔２〕　汪曾祺著，鄧九平編：《汪曾祺全集》，第四卷，〈早茶筆記（三則）·解題〉，頁三三一。
〔３〕　徐震堮：《世說新語校箋》，下冊，頁三九二。

八月驕陽

【題解】

　　「老舍」這個作家大家應該不會感到陌生，其名作《駱駝祥子》曾被編入中學教科書，同學對其文風多少有點兒印象，或許還讀過話劇《茶館》。老舍曾經是一位很有影響力的作家，但是「文革」甫開始他便投河自盡。事情本身是叫人感到悲痛的，汪氏十多年後將這件事寫成小說，又會怎樣處理？

【文本】

　　張百順年輕時拉過洋車，後來賣了多年烤白薯。德勝門豁口內外沒有吃過張百順的烤白薯的人不多。後來取締了小商小販，許多做小買賣的都改了行，張百順託人謀了個事由兒，到太平湖公園來看門。一晃，十來年了。

太平湖公園應名兒也叫做公園，實在什麼都沒有。既沒有亭台樓閣，也沒有遊船茶座，就是一片野水，好些大柳樹。前湖有幾張長椅子，後湖都是荒草。灰菜、馬莧菜都長得很肥。牽牛花，野茉莉。飛着好些粉蝶兒，還有北京人叫做「老道」的黃蝴蝶。一到晚不晌，往後湖一走，都瘆得慌。平常是不大有人去的。孩子們來掏蛐蛐。遛鳥的愛來，給畫眉抓點活食：油葫蘆、螞蚱，還有一種叫做「馬蛉兒」的小四腳蛇。看門，看什麼呢？這個公園不賣門票。誰來，啥時候來，都行。除非怕有人把柳樹鋸倒了扛回去。不過這種事還從來沒有發生過。因此張百順非常閒在。他沒事時就到湖裡撈點魚蟲、筀草，賣給養魚的主。進項不大，但是夠他抽關東煙的。「文化大革命」一起來，很多養魚的都把魚「處理」了，魚蟲、筀草沒人買，他就到湖邊摸點螺螄，淘洗乾淨了，加點鹽，擱兩個大料瓣，煮鹹螺螄賣。

後湖邊上住着兩戶打魚的。他們這打魚，真是三天打魚，兩天曬網，有一搭無一搭。打得的魚隨時就在湖邊賣了。

每天到園子裡來遛早的，都是熟人，他們進園子，都有準鐘點。

來得最早的是劉寶利。他是個唱戲的。坐科學的是武生。因為個頭矮點，扮相也欠英俊，缺少大將風度，來不了「當間兒的」。不過他會的多，給好幾位名角打個「下串」，「傍」得挺嚴實。他粗通文字，愛抄本兒。他家裡有兩箱子本子，其中不少是已經失傳了的。他還愛收藏劇照，有的很名貴。楊老闆《青石山》的關平、尚和玉的《四平山》、路玉珊的《醉酒》、梅蘭芳的《紅線盜盒》、金少山的《李七長亭》、余叔岩的《盜宗卷》……有人出過高價，想買他的本子和劇照，他回絕了：「對不起，我留着殉葬。」劇團演開了革命現代戲，台上沒有他的活兒，領導上動員他提前退休，——他還不到退休年齡。他一想：早退，晚退，早晚得退，退！退了休，他買了兩隻畫

眉，每天天一亮就到太平湖遛鳥。他戲癮還挺大。把鳥籠子掛了，還拉拉山膀，起兩個雲手，踢踢腿，耗耗腿。有時還唸唸戲詞。他老唸的是《挑滑車》的《鬧帳》：

「且慢！」

「高王爺為何阻令？」

「末將有一事不明，願在元帥台前領教。」

「高王爺有話請講，何言領教二字。」

「岳元帥！想俺高寵，既已將身許國，理當報效皇家。今逢大敵，滿營將官，俱有差遣，單單把俺高寵，一字不提，是何理也？」

　……

「嚇、嚇、嚇嚇嚇嚇……岳元帥！大丈夫臨陣交鋒，不死而帶傷，生而何歡，死而何懼！」

跟他差不多時候進園子遛彎的顧止庵曾經勸過他：

「爺們！您這戲詞，可不要再唸了哇！」

「怎麼啦？」

「如今晚兒演了革命現代戲，您唸老戲詞 —— 韻白！再說，您這不是借題發揮嗎？『滿營將官，俱有差遣，單單把俺高寵，一字不提，是何理也？』這是什麼意思？這不是說台上不用您，把您刷了嗎？這要有人聽出來，您這是『對黨不滿』呀！這是什麼時候啊，爺們！」

「這麼一大早，不是沒人聽見嗎！」

「隔牆有耳！—— 小心無大錯。」

顧止庵，八十歲了。花白鬍鬚，精神很好。他早年在谿口外設帳授徒，—— 教私塾。後來學生都改上學堂了，他的私塾停了，他就給人抄書，抄稿子。他的字寫得不錯，歐底趙面。抄書、抄稿子有點

委屈了這筆字。後來找他抄書、抄稿子的也少了，他就在郵局門外樹蔭底下擺了一張小桌，代寫家信。解放後，又添了一項業務：代寫檢討。「老爺子，求您代寫一份檢討。」——「寫檢討？這檢討還能由別人代寫呀？」——「勞您駕！我寫不了。您寫完了。我按個手印，一樣！」——「什麼事兒？」因為他的檢討寫得清楚，也深刻，比較容易通過，來求的越來越多，業務挺興旺。後來他的孩子都成家立業，混得不錯，就跟老爺子説：「我們幾個養活得起您。您一枝筆掙了不少雜和麵兒，該清閒幾年了。」顧止庵於是擱了筆。每天就是遛遛彎兒，找幾個年歲跟他相彷彿的老友一塊堆兒坐坐、聊聊、下下棋。他愛瞧報，——站在閱報欄前一句一句地瞧。早晚聽「匣子」。因此他知道的事多，成了豁口內外的「伏地聖人」[1]。

這天他進了太平湖，劉寶利已經練了一遍功，正把一條腿壓在樹上耗着。

「老爺子今兒早！」

「寶利！今兒好像沒聽您唸《鬧帳》？」

「不能再唸啦！」

「怎麼啦？」

「呆會兒跟您説。」

顧止庵向四邊的樹上看看：

「您的鳥呢？」

「放啦！」

「放啦？」

「您先慢慢往外遛達着。今兒我帶着一包高末。百順大哥那兒有開水，葉子已經悶上了。我耗耗腿。一會兒就來。咱們爺兒仨喝一壺，聊聊。」

顧止庵遛到門口，張百順正在湖邊淘洗螺螄。

「顧先生！椅子上坐。茶正好出味兒了，來一碗。」

「來一碗！」

「顧先生！您説這文化大革命，它是怎麼一回子事？」

「您問我？ —— 有人知道。」

「這紅衛兵，它是怎麼回子事。呼啦 —— 全起來了。它也不用登記，不用批准，也沒有個手續，自己個兒就拉起來了。我真沒見過。一戴上紅袖箍，就變人性。想怎麼着就怎麼着，想揪誰就揪誰。他們怎麼有這麼大的權？誰給他們的權？」

「頭幾天，八·一八，不是剛剛接見了嗎？」

「當大官的，原來都是坐小汽車的主，都挺威風，一個一個全都頭朝了下了。您説，他們心裡是怎麼想的？」

「他們怎麼想，我哪兒知道。反正這心裡不大那麼好受。」

「還有章程沒有？我可是當了一輩子安善良民，從來奉公守法。這會兒，全亂了。我這眼面前就跟『下黃土』似的，簡直的，分不清東西南北了。」

「您多餘操這份兒心。糧店還賣不賣棒子麵？」

「賣！」

「還是的。有棒子麵就行。咱們都不在單位，都這歲數了。咱們不會去揪誰，鬥誰，紅衛兵大概也鬥不到咱們頭上。過一天，算一日，這太平湖眼下不還挺太平不是？」

「那是！那是！」

劉寶利來了。

「寶利，您説要告訴我什麼事？」

「昨兒，我可瞧了一場熱鬧！」

「什麼熱鬧？」

「燒行頭。我到交道口一個師哥家串門子，聽說成賢街孔廟要燒行頭——燒戲裝。我跟師哥說：咱們瞧瞧去！嚄！堆成一座小山哪！大紅官衣、青褶子，這沒什麼！『帥盔』、『八面威』、『相貂』、『駙馬套』……這也沒有什麼！大蟒大靠，蘇繡平金，都是新的，太可惜了！點翠『頭面』，水鑽『頭面』，這值多少錢哪！一把火，全燒啦！火苗兒躥起老高。燒糊了的碎綢子片飛得哪兒哪兒都是。」

「唉！」

「火邊上還圍了一圈人，都是文藝界的頭頭腦腦。有跪着的，有撅着的。有的掛着牌子，有的脊背貼了一張大紙，寫着字。都是滿頭大汗，您想想：這麼熱的天，又烤着大火，能不出汗嗎？一群紅衛兵，攥着寬皮帶，挨着個抽他們。劈頭蓋臉！有的，一皮帶下去，登時，腦袋就開了，血就下來了。——皮帶上帶着大銅頭子哪！哎呀，我長這麼大，沒見過這麼打人的。哪能這麼打呢？您要我這麼打，我還真不會！這幫孩子，從哪兒學來的呢？有的還是小妞兒。他們怎麼能下得去這麼狠的手呢？」

「唉！」

「回來，我一捉摸，把兩箱子劇本、劇照、捆巴捆巴，借了一輛平板三輪，我就都送到街道辦事處去了。他們愛怎麼處理怎麼處埋，我不能自己燒。留着，招事！」

「唉！」

「那兩隻畫眉：『口』多全！今兒一早起來，我也放了。——開籠放鳥！『提籠架鳥』，這也是個事兒！」

「唉！」

這功夫，園門口進來一個人。六十七八歲，戴着眼鏡，一身乾

乾淨淨的藏青制服，禮服呢千層底布鞋，拄着一根角把棕竹手杖，一看是個有身份的人。這人見了顧止庵，略略點了點頭，往後面走去了。這人眼神有點直勾勾的，臉上氣色也不大好。不過這年頭，兩眼發直的人多的是。這人走到靠近後湖的一張長椅旁邊，坐下來，望着湖水。

顧止庵說：「茶也喝透了，咱們也該散了。」

張百順說：「我把這點螺螄送回去，叫他們煮煮。回見！」

「回見！」

「回見！」

張百順把螺螄送回家。回來，那個人還在長椅上坐着，望着湖水。

柳樹上知了叫得非常歡勢。天越熱，牠們叫得越歡。賽着叫。整個太平湖全歸了牠們了。

張百順回家吃了中午飯。回來，那個人還在椅子上坐着，望着湖水。

粉蝶兒、黃蝴蝶亂飛。忽上，忽下。忽起，忽落。黃蝴蝶，白蝴蝶。白蝴蝶，黃蝴蝶……

天黑了。張百順要回家了，那人還在椅子上坐着，望着湖水。

蛐蛐、油葫蘆叫成一片。還有金鈴子。野茉莉散發着一陣一陣的清香。一條大魚躍出了水面，欻的一聲，又沒到水裡。星星出來了。

第二天天一亮，劉寶利到太平湖練功。走到後湖：湖裡一團黑乎乎的，什麼？喲，是個人！這是他的後腦勺！有人投湖啦！

劉寶利叫了兩個打魚的人，把屍首撈了上來，放在湖邊草地上。

這功夫，顧止庵也來了。張百順也趕了過來。

顧止庵對打魚的説：「您二位到派出所報案。我們仨在這兒看着。」

「您受累！」

顧止庵四下裡看看，説：

「這人想死的心是下鐵了的。要不，怎麼找到這麼個荒涼偏僻的地方來呢？他投湖的時候，神智很清醒，不是迷迷糊糊一頭扎下去的。你們看，他的上衣還整整齊齊地搭在椅背上，手杖也好好地靠在一邊。咱們掏掏他的兜兒，看看有什麼，好知道死者是誰呀。」

顧止庵從死者的上衣兜裡掏出一個工作證，是北京市文聯發的：

姓名：舒舍予

職務：主席

顧止庵看看工作證上的相片，又看看死者的臉，拍了拍工作證：

「這人，我認得！」

「您認得？」

「怪不得昨兒他進園子的時候，好像跟我招呼了一下。他原先叫舒慶春。這話有小五十年了！那會兒我教私塾，他是勸學員，正管着德勝門這一片的私塾。他住在華嚴寺。我還上他那兒聊過幾次。人挺好，有學問！他對德勝門這一帶挺熟，知道太平湖這麼個地方！您怎麼會走南闖北，又轉回來啦？這可真是：樹高千丈，葉落歸根哪！」

「您等等！他到底是誰呀？」

「他後來出了大名，是個作家，他，就是老舍呀！」

張百順問：「老舍是誰？」

劉寶利說：「老舍您都不知道？瞧過《駱駝祥子》沒有？」

「匣子裡聽過。好！是寫拉洋車的。祥子，我認識。——『駱駝祥子』嘛！」

「您認識？不能吧！這是把好些拉洋車的擱一塊堆兒，攢巴攢巴，捏出來的。」

「唔！不對！祥子，拉車的誰不知道！他和虎妞結婚，我還隨了份子。」

「您八成是做夢了吧？」

「做夢？——許是。歲數大了，真事、夢景，常往一塊摻和。——他還寫過什麼？」

「《龍鬚溝》哇！」

「《龍鬚溝》瞧過，瞧過！電影！程瘋子、娘子、二妞……這不是金魚池，這就是咱這德勝門豁口！太真了！太真了，就叫人掉淚。」

「您還沒瞧過《茶館》哪！太棒了！王利發！『硬硬朗朗的，我硬硬朗朗地幹什麼？』我心裡這酸呀！」

「合著這位老舍他淨寫賣力氣的、耍手藝的、做小買賣的。苦哈哈、窮命人？」

「那沒錯！」

「那他是個好人！」

「沒錯！」

劉寶利說：「這麼個人，我看他本心是想說共產黨好啊！」

「沒錯！」

劉寶利看着死者：

「我認出來了！在孔廟挨打的，就有他！您瞧，腦袋上還有傷，身上淨是血嘎巴！——我真不明白。這麼個人，舊社會能容得他，

怎麼咱這新社會倒容不得他呢？」

顧止庵説：「『我本將心托明月，誰知明月照溝渠』，這大概就是他想不通的地方。」

張百順擻了兩根柳條，在老舍的臉上搖晃着，怕有蒼蠅。

「他從昨兒早起就坐在這張椅子上，心裡來回來去，不知道想了多少事哪！」

「『千古艱難唯一死』呀！」

張百順問：「這市文聯主席夠個什麼爵位？」

「要在前清，這相當個翰林院大學士。」

「那幹嗎要走了這條路呢？忍過一陣肚子疼！這秋老虎雖毒，它不也有涼快的時候嗎？」

顧止庵環顧左右，沉沉地歎了一口氣：「『士可殺，而不可辱』啊！」

劉寶利説：「我去找張蓆，給他蓋上點兒！」

一九八六年六月二十二日　二稿

載一九八六年第九期《人民文學》

【注釋】

〔1〕　伏地，北京土話。本地生產的叫「伏地」，如「伏地小米」、「伏地蒜苗」。

【賞析】

　　老舍，原名舒慶春，一八九九年生，滿洲正紅旗人。二十年代中期開始文學創作，屬於比魯迅晚一代，又比汪曾祺早一代的作家。老舍善於刻劃市井小民，對北京生活面貌的描繪尤其深刻，故其小說被喻為「京味小說」。同時，老舍可以說是一位「政治正確」的「現實主義」作家，其創作一直以低下階層人民生活為題；抗戰時期寫了以團結抗日為題的長篇小說《四世同堂》；建國後又寫了不少歌頌新中國的作品，其中以話劇《龍鬚溝》最為人熟悉。可是，「文革」展開後，他亦捲入其中。一九六六年八月二十三日，老舍到北京市文聯參加檢討大會，成了批鬥的對象，受盡羞辱，翌日便自沉於太平湖。

　　可能基於政治的原因，當時國內沒有人就此發表任何議論。首位撰寫文章紀念老舍之死的是日本作家水上勉，他在老舍死後翌年寫了〈蟋蟀葫蘆〉，表達對老舍的懷念之情。「文革」結束後，文壇才湧現反思、悼念的文章。一九七九年底，巴金在香港《大公報》發表「隨想錄」，激動地談到老舍之死。汪曾祺與老舍曾經在北京市文聯共事，雖然一個是領導，一個是青年作家，但二人皆愛好民俗文學與戲曲，所以有一定交情。汪曾祺在一九八四年也寫了一篇悼念老舍的文章，從老舍那詩意盎然的小院寫起，再寫其愛花、愛茶、愛畫（尤愛齊白石），熱情好客，提拔晚輩，尊重各種文化事業。[1]

　　〈八月驕陽〉則是一篇以老舍之死為題的小說創作，此篇的妙處在於化用老舍的筆腔來寫老舍。老舍是「京味」作家，善寫市井小民，故其死必由北京小市民來發現。小說安排了三位小市民來見證這場悲劇，他們是張百順、劉寶利、顧止庵。通過他們的眼睛、對話，我們了解到當時社會的荒謬，以及運動對作家的影響。從藝術角度來看，此篇的成功之處在於

採用側面描寫的手法，避免作家的主觀評價，同時產生距離感，令事件呈現得更客觀全面。

這三個人物的設置是饒有深意的。小說從張百順來展開，張百順是什麼人？小說首句就說「張百順年輕時拉過洋車」，車夫的身份自然叫人想起《駱駝祥子》。不過，張百順早不拉車了，現在是太平湖公園的看門，也就是老舍死前的最後見證人。老舍與戲曲淵源甚深，作家安排最早來公園遛早的是唱戲的劉寶利。雖然被迫退了休，戲癮還是很大，每次來公園遛早總要唸幾句《挑滑車》的〈鬧帳〉，這幾句台詞影射的正是老舍的遭遇。最後一位來太平湖公園遛早的是顧止庵，一個八十歲的老人，先是教私塾，後來給人抄書、抄稿子、代寫家信，再後來代寫檢討，其遭遇正正反映了時代的變遷。

老舍的死是通過這三個人來展開的。張百順兩次回家，折回公園，都看見「那個人還在長椅上坐着，望着湖水」，雖然沒有直接刻劃老舍，但是重複的結構，穿插不同的景物描寫，使讀者感覺到老舍的絕望、哀痛。劉寶利親眼目睹成賢街孔廟燒行頭，以及批鬥老舍等人的場面，作家通過他的描述來反映事件的荒謬、無理、殘忍，以及老舍自殺前受過的污辱。顧止庵是三人中最有文化的，他交代了老舍何許人，有什麼代表作，並在文末道出其志：「我本將心托明月，誰知明月照溝渠」，「士可殺，而不可辱」。

【注釋】

〔1〕　汪曾祺著，鄧九平編：《汪曾祺全集》，第三卷，〈老舍先生〉，頁三四三至三四七。

瑞雲

——

聊齋新義

【題解】

　　汪曾祺於一九八七年中開始改寫《聊齋志異》，八月完成〈瑞雲〉。同年九月，應邀赴美參加愛荷華大學舉辦的「國際寫作計劃」，期間寫成〈黃英〉、〈蛐蛐〉、〈石清虛〉。他在家書中談到寫作的情況和目的：「我改編《聊齋》，是試驗性的。這四篇是我考慮得比較成熟的，有我的看法。」還說：「我覺得改寫《聊齋》是一件很有意義的工作，這給中國當代創作開闢了一個天地。」[1] 其後幾年，又陸陸續續改寫了好幾篇，輯為「聊齋新義」，共十三篇。這篇〈瑞雲〉是其中代表作，改寫得尤其成功。

【注釋】

〔1〕　汪曾祺著，鄧九平編：《汪曾祺全集》，第八卷，〈美國家書‧十〉，頁一二一。

【文本】

　　瑞雲越長越好看了。初一十五，她到靈隱寺燒香，總有一些人盯看她傻看。她長得很白，姑娘媳婦偷偷向她的跟媽打聽：「她搽的是什麼粉？」——「她不搽粉，天生的白嫩。」平常日子，街坊鄰居也不大容易見到她，只聽見她在小樓上跟師父學吹簫，拍曲子，唸詩。

　　瑞雲過了十四，進十五了，按照院裡的規矩，該接客了。養母蔡媽媽上樓來找瑞雲。

　　「姑娘，你大了。是花，都得開。該找一個人梳攏了。」

　　瑞雲在行院中長大，哪有不明白的。她臉上微紅了一陣，倒沒有怎麼太扭捏，爽爽快快地說：

　　「媽媽說的是。但求媽媽依我一件：錢，由媽媽定；人，要由我自己選。」

　　「你要選一個什麼樣的？」

　　「要一個有情的。」

　　「有錢的、有勢的，好找。有情的，沒有。」

　　「這是我一輩子頭一回。哪怕只跟這個人過一夜，也就心滿意足了。以後，就顧不了許多了。」

　　蔡媽媽看看這棵搖錢樹，尋思了一會，說：

　　「好，錢由我定，人由你選，不過得有個期限：一年，一年之內，由你，過了一年，由我！今天是三月十四。」

　　於是瑞雲開門見客。

　　蔡媽媽定例，上樓小坐，十五兩，見面贄禮不限。

　　王孫公子、達官貴人、富商巨賈，紛紛登門求見。瑞雲一一接待。贄禮厚的，陪着下一局棋，或當場畫一個小條幅、一把扇面。贄

禮薄的，敬一杯香茶而已。這些狎客對瑞雲各有品評。有的説是清水芙蓉，有的説是未放梨蕊，有的説是一塊羊脂玉，一傳十，十傳百，瑞雲身價漸高，成了杭州紅極一時的名妓。

餘杭賀生，素負才名，家道中落，二十未娶，偶然到西湖閒步，見一畫舫，飄然而來。中有美人，低頭吹簫。岸上遊人，紛紛指點：「瑞雲！瑞雲！」賀生不覺注目，畫舫已經遠去，賀生還在癡立。回到寓所，茶飯無心，想了一夜，備了一份薄薄的贄禮，往瑞雲院中求見。

原來以為瑞雲閱人已多，一定不把他這寒酸當一回事，不想一見之後，瑞雲款待得很殷勤，親自滌器烹茶。問長問短。問餘杭有什麼山水，問他家裡都有什麼人，問他二十歲了為什麼還不娶妻……語聲柔細，眉目含情。有時默坐，若有所思。賀生覺得坐得太久了，應該知趣，起身將欲告辭。瑞雲拉住他的手，説：「我送你一首詩。」詩曰：

> 何事求漿者，
> 藍橋叩曉關。
> 有心尋玉杵，
> 端只在人間。

賀生得詩狂喜，還想再説點什麼，小丫頭來報：「客到！」賀生只好倉促別去。

賀生回寓，把詩展讀了無數遍，才夾到一本書裡，過一會，又抽出來看看。瑞雲分明屬意於我，可是玉杵向哪裡去尋？

過一二日，實在忍不住，備了一份贄禮，又去看瑞雲。聽見他的聲音，瑞雲揭開門簾，把他讓進去，説：

「我以為你不來了。」

「想不來，還是來了！」

瑞雲很高興。雖然只見了兩面，已經好像很熟了。山南海北，琴棋書畫，無所不談。瑞雲從來沒有和人説過那麼多的話，賀生也很少説話説得這樣聰明，不知不覺，爐內香灰堆積，簾外落花漸多。瑞雲把座位移近賀生，悄悄地説：

「你能不能想一點辦法，在我這裡住一夜？」

賀生説：「看你兩回，於願已足。肌膚之親，何敢夢想！」

他知道瑞雲和蔡媽媽有成約：人由自選，價由母定。

瑞雲説：「娶我，我知道你沒這個能力。我只是想把女兒身子交給你。以後你再也不來了，山南海北，我老想着你，這也不行麼？」

賀生搖頭。

兩個再沒有話了，眼對眼看着。

樓下蔡媽媽大聲喊：

「瑞雲！」

瑞雲站起來，執着賀生的兩隻手，一雙眼淚滴在賀生手背上。

賀生回去，輾轉反側。想要回去變賣家產，以博一宵之歡；又想到更盡分別，各自東西，兩下牽掛，更何以堪。想到這裡，熱念都消。咬咬牙，再不到瑞雲院裡去。

蔡媽媽催着瑞雲擇婿。接連幾個月，沒有中意的。眼看花朝已過，離三月十四沒有幾天了。

這天，來了一個秀才，坐了一會，站起身來，用一個指頭在瑞雲額頭上按了一按，説：「可惜，可惜！」説完就走了。瑞雲送客回來，發現額頭有一個黑黑的指印。越洗越真。

而且這塊黑斑逐漸擴大，幾天的功夫，左眼的上下眼皮都黑了。

瑞雲不能再見客，蔡媽媽拔了她的簪環首飾，剝了上下衣裙，把她推下樓來，和老媽子丫頭一塊幹粗活。瑞雲嬌養慣了，身子又弱，怎麼受得了這個！

　　賀生聽說瑞雲遭了奇禍，特地去看看。瑞雲蓬着頭，正在院裡拔草。賀生遠遠喊了一聲：「瑞雲！」瑞雲聽出是賀生的聲音，急忙躲到一邊，臉對着牆壁。賀生連喊了幾聲，瑞雲就是不回頭。賀生一頭去找到蔡媽媽，說是願意把瑞雲贖出來。瑞雲已經是這樣，蔡媽媽沒有多要身價銀子。賀生回餘杭，變賣了幾畝田產，向蔡媽媽交付了身價，一乘花轎把瑞雲抬走了。

　　到了餘杭，拜堂成禮。入了洞房後，瑞雲乘賀生關房門的功夫，自己揭了蓋頭，一口氣，噗，噗把兩枝花燭吹滅了。賀生知道瑞雲的心思，並不嗔怪。輕輕走攏，挨着瑞雲在床沿坐下。

　　瑞雲問：「你為什麼娶我？」

　　「以前，我想娶你，不能。現在能把你娶回來了，不好麼？」

　　「我臉上有一塊黑。」

　　「我知道。」

　　「難看麼？」

　　「難看。」

　　「你說了實話。」

　　「看看就會看慣的。」

　　「你是可憐我麼？」

　　「我疼你。」

　　「伸開你的手。」

　　瑞雲把手放在賀生的手裡。賀生想起那天在院裡瑞雲和他執手相看，就輕輕撫摸瑞雲的手。

瑞雲説：「你説的是真話。」接着歎了一口氣，「我已經不是我了。」

賀生輕輕咬了一下瑞雲的手指：「你還是你。」

「總不那麼齊全了！」

「你不是説過，願意把身子給我嗎？」

「你現在還要嗎？」

「要！」

兩口兒日子過得很甜。不過瑞雲每晚臨睡，總把所有燈燭吹滅了。好在賀生已經逐漸對她的全身讀得很熟，沒燈勝似有燈。

花開花落，春去秋來。一窗細雨，半床明月。少年夫妻，如魚如水。

賀生真的對瑞雲臉上那塊黑看慣了。他不覺得有什麼難看。似乎瑞雲臉上本來就有，應該有。

瑞雲還是一直覺得歉然。她有時晨妝照鏡，會回頭對賀生説：

「我對不起你！」

「不許説這樣的話！」

賀生因事到蘇州，在虎丘吃茶。隔座是一個秀才，自稱姓和，彼此攀談起來。秀才聽出賀生是浙江口音，便問：

「你們杭州，有個名妓瑞雲，她現在怎麼樣了？」

「已經嫁人了。」

「嫁了一個什麼樣的人？」

「一個和我差不多的人。」

「真能類似閣下，可謂得人！ —— 不過，會有人娶她麼？」

「為什麼沒有？」

「她臉上 ——」

「有一塊黑，是一個什麼人用指頭在她額頭一按，留下的。這個人真不知道安的是什麼心腸！──你怎麼知道的？」

「實不相瞞，你説的這個人，就是在下。」

「你為什麼要做這件事？」

「昔在杭州，也曾一覯芳儀，甚惜其以絕世之姿而流落不偶，故以小術晦其光而保其璞，留待一個有情人。」

「你能點上，也能去掉麼？」

「怎麼不能？」

「我也不瞞你，娶瑞雲的，便是小生。」

「好！你別具一雙眼睛，能超出世俗媸妍，是個有情人！我這就同你到餘杭，還君一個十全的佳婦。」

到了餘杭，秀才叫賀生用銅盆打一盆水，伸出中指，在水面寫寫畫畫，説：「洗一洗就會好的。好了，須親自出來一謝醫人。」

賀生笑説：「那當然！」賀生捧盆入內室，瑞雲掬水洗面，面上黑斑隨手消失，晶瑩潔白，一如當年，瑞雲照照鏡子，不敢相信，反復照視，大叫一聲：「這是我！這是我！」

夫妻二人，出來道謝，一看，秀才沒有了。

這天晚上，瑞雲高燒紅燭，剔亮銀燈。

賀生不像瑞雲一樣歡喜，明晃晃的燈燭，粉撲撲的嫩臉，他覺得不慣，他若有所失。

瑞雲覺得他的愛撫不像平日那樣溫存，那樣真摯，她坐起來，輕輕地問：

「你怎麼了？」

一九八七年八月一日北京

載一九八八年第三期《人民文學》

【賞析】

　　若想讀出汪氏「聊齋新義」的趣味，建議同學兼看蒲松齡原作。此篇改寫自《聊齋志異‧瑞雲》，故事情節大致不變，汪曾祺的「改寫」包括去掉拖拉的情節，淡化傳奇色彩，就一二生活細節加以渲染，以及加插平白如話的人物對話。這些手段無異令《聊齋志異》人間化了，某些生活細節的鋪展，更令人聯想到《浮生六記》。

　　此篇的改寫目的在於突出瑞雲與賀生的愛情，令其變得更實在、更感人。瑞雲天生麗質，無奈淪落風塵，和生為保其璞，在她臉上變出一塊黑斑。原著把長出黑斑的瑞雲寫得很醜惡，並形容為「醜狀類鬼」。[1]汪曾祺對此不滿，以為「瑞雲之美，美在性情，美在品質，美在神韻，不僅僅在於肌膚。臉上有一塊黑，不是損其全體。」[2]因此，改作輕描淡寫瑞雲被施法術後的醜貌。

　　及後，改寫賀生迎娶瑞雲一節，尤能反映汪、蒲二人不同的藝術取向。原著載：「賀貨田傾裝，買之而歸。入門，牽衣攬涕，且不敢以伉儷自居，願備妾媵，以俟來者。賀曰：『人生所重者知己：卿盛時猶能知我，我豈以衰故忘卿哉！』遂不復娶。」[3]這裡的瑞雲過於卑躬屈膝，而賀生所言又充滿道德判斷，與〈受戒〉、〈大淖記事〉中的男女之情相去甚遠。汪曾祺刪去瑞雲自卑的一面，憑想像添加一段洞房內的絮絮細語：

　　　瑞雲問：「你為什麼娶我？」
　　　「以前，我想娶你，不能。現在能把你娶回來了，不好麼？」
　　　「我臉上有一塊黑。」
　　　「我知道。」

「難看麼？」

「難看。」

「你說了實話。」

「看看就會看慣的。」

「你是可憐我麼？」

「我疼你。」

「伸開你的手。」

瑞雲把手放在賀生的手裡。賀生想起那天在院裡瑞雲和他執手相看，就輕輕撫摸瑞雲的手。

瑞雲說：「你說的是真話。」接着歎了一口氣，「我已經不是我了。」

賀生輕輕咬了一下瑞雲的手指：「你還是你。」

「總不那麼齊全了！」

「你不是說過，願意把身子給我嗎？」

「你現在還要嗎？」

「要！」

如此淺白情深的對話，正是汪曾祺小說的特點。賀生、瑞雲二人情意綿綿的一幕，不禁讓我們想起〈大淖記事〉結尾巧雲與十一子的對話，而賀生那個「要」與〈受戒〉結尾明子那個「要」又何其相似！如此改寫深化了愛情的主題。

此外，汪曾祺認為真正的愛情是互相包容的，故以為「和生的多事不在在瑞雲額上點了一指，而在使其醜面光潔。」[4]因此，他在原來的結局後面加上以下一段：

這天晚上，瑞雲高燒紅燭，剔亮銀燈。

賀生不像瑞雲一樣歡喜，明晃晃的燈燭，粉撲撲的嫩臉，他覺得不慣，他若有所失。

瑞雲覺得他的愛撫不像平日那樣溫存，那樣真摯，她坐起來，輕輕地問：

「你怎麼了？」

這個結局比原著的大團圓結局更有深度，更耐人尋味。本來，賀生愛的就不單單是瑞雲的美貌，而是她整個人，那塊黑斑早成了他眼中的瑞雲的一部分。況且，沒有那塊黑斑，賀生根本高攀不起，娶不了瑞雲。如今黑斑消失，面對如花美人，賀生怎會不悵然若失？汪氏改寫之妙由此可見！

【注釋】

〔1〕 蒲松齡著，朱其鎧主編：《全本新注聊齋志異》（北京：人民文學出版社，一九八九年），下冊，〈瑞雲〉，頁一三七八。
〔2〕 汪曾祺著，鄧九平編：《汪曾祺全集》，第四卷，〈《聊齋新義》後記〉，頁二三八。
〔3〕 蒲松齡著，朱其鎧主編：《全本新注聊齋志異》，下冊，〈瑞雲〉，頁一三七八。
〔4〕 汪曾祺著，鄧九平編：《汪曾祺全集》，第四卷，〈《聊齋新義》後記〉，頁二三八。

蚲蚲
——聊齋新義

【題解】

〈蚲蚲〉改編自《聊齋志異‧促織》。〈促織〉是《聊齋志異》的名篇，無論是主題思想還是藝術成就均達到很高的水準。改寫如此一篇膾炙人口的作品並非易事，汪曾祺在保留原著精彩內容的前提下，注入自己獨到的思想與語言，使此一名篇在當代語境下變得親切易讀，其悲劇性的結局亦令作品更深刻難忘。

【文本】

宣德年間，宮裡興起了鬥蚲蚲。蚲蚲都是從民間徵來的。這玩意陝西本不出。有那麼一位華陰縣令，想拍拍上官的馬屁，進了一隻。試鬥了一次，不錯，貢到宮裡。打這兒起，傳下旨意，責令華陰縣每年往宮裡送，縣令把這項差事交給里正。里正哪裡去弄到蚲蚲？只有

花錢買。地方上有一些不務正業的混混弄到好蟋蟀，養在金絲籠裡，價錢抬得很高。有的里正，和衙役勾結在一起，借了這個名目，挨家挨戶，按人口攤派。上面要一隻蟋蟀，常常害得幾戶人家傾家蕩產。蟋蟀難找，里正難當。

　　有個叫成名的，是個童生，多年也沒有考上秀才，為人很迂，不會講話。衙役瞧他老實，就把他報充了里正。成名託人情，送蒲包，磕頭，作揖，不得脫身。縣裡接送往來官員，辦酒席，斂程儀，要民夫，要馬草，都朝里正說話。不到一年的功夫，成名的幾畝薄產都賠進去了。一出暑伏，按每年慣例，該徵蟋蟀了，成名不敢挨戶攤派，自己又實在變賣不出這筆錢。每天煩悶憂愁，唉聲歎氣，跟老伴說：「我想死的心都有了。」老伴說：「死，管用嗎？買不起，自己捉！說不定能把這項差事應付過去。」成名說：「是個辦法。」於是提了竹筒，拿着蟋蟀罩，破牆根底下，爛磚頭堆裡，草叢裡，石頭縫裡，到處翻，找。清早出門，半夜回家。鞋磨破了，磕膝蓋磨穿了，手上，臉上，叫葛針拉出好些血道道，無濟於事。即使捕得三兩隻，又小又弱，不夠分量，不上品。縣令限期追比，交不上蟋蟀，二十板子。十多天下來，成名挨了百十板，兩條腿膿血淋漓，沒有一塊好肉了，走不能走，哪能再捉蟋蟀呢？躺在床上，翻來覆去，除了自盡，別無他法。

　　迷迷糊糊做了一個夢，夢見一座廟，廟後小山下怪石亂臥，荊棘叢生，有一隻「青麻頭」伏着。旁邊有一隻癩蛤蟆，將蹦未蹦。醒來想想：這是什麼地方？猛然省悟：這不是村東頭的大佛閣麼？他小時候逃學，曾到那一帶玩過。這夢有準麼？那裡真會有一隻好蟋蟀？管它的！去碰碰運氣，於是掙扎起來，拄着拐杖，往村東去。到了大佛閣後，一帶都是古墳，順着古墳走，蹲着伏着一塊一塊怪石，就跟

夢裡所見的一樣，是這兒？ —— 像！於是在蒿萊草莽之間，輕手輕腳，側耳細聽，凝神細看，聽力目力都用盡了，然而聽不到蛐蛐叫，看不見蛐蛐的影子，忽然，蹦出一隻癩蛤蟆。成名一愣，趕緊追！癩蛤蟆鑽進了草叢，順着方向，撥開草叢，一隻蛐蛐在荊棘根旁伏着，快撲！蛐蛐跳進了石穴，用尖草撩牠，不出來，用隨身帶着的竹筒裡的水灌，這才出來。好模樣！蛐蛐蹦，成名追。罩住了，細看看：個頭大，尾巴長，青脖子，金翅膀。大叫一聲：「這可好了！」一陣歡喜，腿上棒傷也似輕鬆了一些，提着蛐蛐籠，快步回家，舉家慶賀，老伴破例給成名打了二両酒，家裡有蛐蛐罐，墊上點過了籮的細土，把寶貝養在裡面。蛐蛐愛吃什麼？栗子、菱角、螃蟹肉。買！淨等着到了期限，好見官交差。這可好了：不會再挨板子，剩下的房產田地也能保住了，蛐蛐在罐裡叫哩，嚁嚁嚁嚁 ……

成名有個兒子，小名叫黑子，九歲了，非常淘氣，上樹掏鳥窩蛋，下河捉水蛇，飛磚打惡狗，愛捅馬蜂窩。性子倔，愛打架，比他大幾歲的孩子也都怕他，因為他打起架來拚命，拳打腳踢帶牙咬。三天兩頭，有街坊鄰居來告「媽媽狀」。成名夫妻，就這麼一個兒子，只能老給街坊們賠不是，不忍心重棒打他，成名得了這隻救命蛐蛐，再三告誡黑子：「不許揭開蛐蛐罐，不許看，千萬！千萬！」

不說還好，說了，黑子還非看看不可，他瞅着父親不在家，偷偷揭開蛐蛐罐。騰！—— 蛐蛐蹦出罐外，黑子伸手一撲，用力過猛，蛐蛐大腿折了，肚子破了 —— 死了，黑子知道闖了大禍，哭着告訴媽媽，媽媽一聽，臉色煞白：「你個孽障！你甭想活了，你爹回來，看他怎麼跟你算賬！」黑子哭着走了。成名回來，老伴把事情一說，成名掉在冰窟窿裡了。半天，說：「他在哪兒？」找。到處找遍了，沒有。做媽的忽然心裡一震：莫非是跳了井？扶着井欄一看，有個孩

子，請街坊幫忙，把黑子撈上來，已經死了，這時候顧不上生氣，只覺得悲痛。夫妻二人，傻了一樣，傻坐着，你看看我，我看看你，找不到一句話。這天他們家煙筒沒冒煙，哪裡還有心思吃飯呢，天黑了，把兒子抱起來，準備用一張草蓆捲捲埋了。摸摸胸口，還有點溫和，探探鼻子，還有氣。先放到床上再説吧。半夜裡，黑子醒過來了，睜開了眼，夫妻二人稍得安慰，只是眼神發呆，睜眼片刻，又合上眼，昏昏沉沉地睡了。

蛐蛐死了，兒子這樣，成名瞪着眼睛到天亮。

天亮了，忽然聽到門外蛐蛐叫，成名跳起來，遠遠一看，是一隻蛐蛐，心裡高興，捉牠！蛐蛐叫了一聲：嘿，跳走了，跳得很快，追。用手掌一捂，好像什麼也沒有，空的，手才舉起，又分明在，跳得老遠。急忙追，折過牆角，不見了。四面看看，蛐蛐伏在牆上。細一看，個頭不大，黑紅黑紅的。成名看牠小，瞧不上眼，牆上的小蛐蛐，忽然落在他的袖口上。看看，小雖小，形狀特別，像一隻土狗子，梅花翅，方腦袋，好像不賴。將就着吧。右手輕輕捏住蛐蛐，放在左手掌裡，兩手相合，帶回家裡，心想拿牠交差，又怕縣令看不中，心裡沒底，就想試着鬥一鬥，看看行不行，村裡有個小伙子，是個玩家，走狗鬥雞，提籠架鳥，樣樣在行，他養着一隻蛐蛐，自名「蟹殼青」，每天找一些少年子弟鬥，百戰百勝。他把這隻「蟹殼青」居為奇貨，索價很高，也沒人買得起，有人傳出來，説成名得了一隻蛐蛐，這小伙子就到成家拜訪，要看看蛐蛐。一看，捂着嘴笑了：這也叫蛐蛐！於是打開自己的蛐蛐罐，把蛐蛐趕進「過籠」裡，放進鬥盆。成名一看，這隻蛐蛐大得像一隻油葫蘆，就含糊了，不敢把自己的拿出來。小伙子存心看個笑話，再三説：「玩玩嘛，咱又不賭輸贏。」成名一想，反正養這麼隻孬玩意也沒啥用，逗個樂！於是把黑

蛐蛐也放進鬥盆。小蛐蛐趴着不動，蔫哩巴唧，小伙子又大笑。使豬鬃撩撥牠的鬚鬚，還是不動。小伙子又大笑。撩牠，再撩牠！黑蛐蛐忽然暴怒，後腿一挺，直竄過來。倆蛐蛐這就鬥開了，衝、撞、騰、擊、劈里卜碌直響。忽見小蛐蛐跳起來，伸開鬚鬚，翹起尾巴，張開大牙，一下子鉗住大蛐蛐的脖子。大蛐蛐脖子破了，直流水。小伙子趕緊把自己的蛐蛐裝進過籠，說：「這小傢伙真玩命呀！」小蛐蛐擺動着鬚鬚，「嚾嚾」，洋洋得意。成名也沒想到。他和小伙子正在端詳這隻黑紅黑紅的小蛐蛐，他們家的一隻大公雞斜着眼睛過來，上去就是一嘴。成名大叫了一聲：「啊呀！」幸好，公雞沒啄着，蛐蛐蹦出了一尺多遠。公雞一啄不中，撒腿緊追。眨眼之間，蛐蛐已經在雞爪子底下了。成名急得不知怎麼好，只是跺腳，再一看，公雞伸長了脖子亂甩。唔？走近一看，只見蛐蛐叮在雞冠上，死死咬住不放，公雞羽毛扎撒，雙腳掙蹦。成名驚喜，把蛐蛐捏起來，放進籠裡。

　　第二天，上堂交差。縣太爺一看：這麼個小東西，大怒：「這，你不是糊弄我嗎！」成名細說這隻蛐蛐怎麼怎麼好，縣令不信，叫衙役弄幾隻蛐蛐來試試。果然，都不是對手。又叫抱一隻公雞來，一鬥，公雞也敗了。縣令吩咐，專人送到巡撫衙門。巡撫大為高興，打了一隻金籠子，又命師爺連夜寫了一通奏摺，詳詳細細表敘了蛐蛐的能耐，把蛐蛐獻進宮中。宮裡有名有姓的蛐蛐多了，都是各省進貢來的。什麼「蝴蝶」、「螳螂」、「油利撻」、「青絲額」……黑蛐蛐跟這些「名將」鬥了一圈，沒有一隻能經得三個回合，全都不死即傷望風而逃。皇上龍顏大悅，下御詔，賜給巡撫名馬衣緞。巡撫飲水思源，到了考核的時候，給華陰縣評了一個「卓異」，就是説該縣令的政績非比尋常。縣令也是個有良心的，想起他的前程都是打成名那兒來的，於是免了成名里正的差役；又囑咐縣學的教諭，讓成名進了學，

成了秀才，有了功名，不再是童生了；還賞了成名幾十兩銀子，讓他把賠累進去的薄產贖回來，成名夫妻，說不盡的歡喜。

只是他們的兒子一直是昏昏沉沉地躺着，不言不語，不吃不喝，不死不活，這可怎麼了呢？

樹葉黃了，樹葉落了，秋深了。

一天夜裡，成名夫妻做了一個同樣的夢，夢見了他們的兒子黑子。黑子說：

「我是黑子。就是那隻黑蛐蛐。蛐蛐是我。我變的。

「我拍死了『青麻頭』，闖了禍。我就想：不如我變一隻蛐蛐吧。我就變成了一隻蛐蛐。

「我愛打架。

「我打架總要打贏，誰我也不怕。

「我一定要打贏。打贏了，爹就可以不當里正，不挨板子。我九歲了，懂事了。

「我跟別的蛐蛐打，我想：我一定要打贏，為了我爹，我媽。我拚命。蛐蛐也怕蛐蛐拚命。牠們就都怕。

「我打敗了所有的蛐蛐！我很厲害！

「我想變回來。變不回來了。

「那也好，我活了一秋。我贏了。

「明天就是霜降，我的時候到了。

「我走了，你們不要想我。──沒用。」

第二天一早，黑子死了。

一個消息從宮裡傳到省裡，省裡傳到縣裡，那隻黑蛐蛐死了。

一九八七年九月二十日　愛荷華
載一九八八年第三期《人民文學》

【賞析】

「促織」，就是蟋蟀，北方人俗稱「蛐蛐」。汪曾祺自己小時候是玩過蛐蛐的，〈多年父子成兄弟〉就講到他父親養過蟋蟀養過金鈴子。筆者小時候也養過蟈蟈，玩過金龜子。現在的孩子估計沒什麼機會養昆蟲了，更遑論鬥蟋蟀。所以，我們還是從文學的角度來欣賞這篇小說吧！

語言通俗淺白，平易近人；用字長短不一，富節奏感；閱畢全篇，又驚歎其敘述之一氣呵成，極其流暢。先看原文開頭一段：

> 宣德間，宮中尚促織之戲，歲徵民間。此物故非西產。有華陰令，欲媚上官，以一頭進，試使鬥而才，因責常供。令以責之里正。市中游俠兒，得佳者籠養之，昂其直，居為奇貨。里胥猾黠，假此科斂丁口，每責一頭，輒傾數家之產。

再翻看汪老的文字，不難發現譯文既忠於原作，又有強烈的現代語感。比如「此物故非西產」，寫為「這玩意陝西本不出」；又比如「欲媚上官」寫作「想拍拍上官的馬屁」。讀起來精闢，有親切感。汪老的改寫不單單是文言文與白話文的分別，而是一種講故事的技巧和味道，讓讀者覺得很有趣味，想一直聽下去。

文中有一段寫到成名捕捉蟋蟀：

> 天亮了，忽然聽到門外蛐蛐叫，成名跳起來，遠遠一看，是一隻蛐蛐，心裡高興，捉牠！蛐蛐叫了一聲：曬，跳走了，跳得很快，追。用手掌一捂，好像什麼也沒有，空的，手才舉起，又分明在，跳得老遠。急忙追，折過牆角，不見了。四面

看看，蛐蛐伏在牆上。

這裡的動詞多用短語來表達，如「捉牠」、「追」，營造緊張的氣氛，彷彿置身現場一樣。到了該詩意、憂傷的時候，汪老又寫到：

> 只是他們的兒子一直是昏昏沉沉地躺着，不言不語，不吃不喝，不死不活，這可怎麼了呢？
> 樹葉黃了，樹葉落了，秋深了。
> 一天夜裡，成名夫妻做了一個同樣的夢，夢見了他們的兒子黑子。

同學仔細咀嚼，自能體會雖然寫的是大白話，但作家對語言的掌握可謂到了爐火純青的境界。

除了語言方面的特色，改篇增刪情節，令人物性格更加突出。其實，蒲松齡的原作已經寫得很精彩，但是這個「精彩」主要指曲折多變的情節，人物刻劃不多。這可能與其創作動機有關，蒲松齡是想指出封建官僚的升遷發跡，總是建立在百姓的苦難之上，一方面揭露官吏貪婪暴虐的惡行，一方面寄望天子不要只顧一己私樂，應多體恤民生疾苦。此一創作動機與柳宗元的〈捕蛇者說〉一脈相承。

汪曾祺卻想把小說寫成一個有血有肉的故事，尤其那個化作蟋蟀的小孩。對於這個小孩的出場，原文只有寥寥數字，「成有子九歲，窺父不在，竊發盆」；汪曾祺卻增添了一大段，說他九歲了，非常淘氣，上樹掏鳥窩蛋，下河捉水蛇，飛磚打惡狗，愛捅馬蜂窩，愛打架，老給街坊添麻煩，老惹爸媽生氣。如此改寫，這個小孩不再是個扁平人物。其次，結局的改寫進一步塑造小孩的個性。原著是大團圓結局，成名中了秀才，又獲

巡撫重賞，一年多後，兒子精神復原，一家樂也融融。汪曾祺卻藉黑子的讀白，道出其變為蟋蟀為父解困的始末，最後卻變不回去，而且像蟋蟀一樣只能活一秋。

這個結局叫人份外難受。九歲的孩子「貪玩」，其實是天性，趁父親不在偷看蛐蛐，也只是好奇心驅使，何足以死？蒲松齡寫其畏父責罵跳井自盡，本身就很震撼，但是汪老可能覺得「復活」失去了原有的震撼，堅持其死。從小孩死前的讀白可見其表面淘氣，內心孝順父母。或許，汪老改寫此篇，更多想表達的是父母要多疼愛自己的孩子，包容他們的「淘氣」。

戴車匠

【題解】

　　汪曾祺寫過兩篇〈戴車匠〉，一篇寫於一九四七年，篇幅較長，敘述亦頗拖沓，除了戴車匠，旁及次要人物，並着力表現回憶中那座「沉默的城」。另一篇寫於一九八五年，是作家晚年的回憶之作，為〈故人往事〉之一章。這裡選的是重寫版，除了篇幅較短，亦考慮到後者的語言精煉，筆觸乾淨利落，人物形象突出，而且洋溢濃郁的思鄉之情。

【文本】

　　戴車匠是東街一景。

　　車匠是一種很古老的行業了。中國什麼時候開始有車匠，無可考。想來這是很久遠的事了。所謂車匠，就是在木製的車床上用旋刀車旋小件圓形木器的那種人。從我記事的時候，全城似只有這一個車

匠，一家車匠店。

　　車匠店離草巷口不遠，坐南朝北。左鄰是侯家銀匠店，右鄰是楊家香店。侯家銀匠成天用一根吹管吹火打銀簪子、銀鐲子，或用小鑿子鑿銀器上的花紋。侯家還出租花轎。花轎就停放在店堂的後面。大紅緞子的轎幃，上繡丹鳳朝陽和八仙，——中國的八仙是一組很奇怪的仙人，什麼場合都有他們的份。結婚和八仙有什麼關係呢？誰家姑娘要出閣，就事前到侯銀匠家把花轎訂下來。這頂花轎不知抬過多少新娘子了。附近幾條街巷的人家，大家小戶，都用這頂花轎。楊家香店櫃前立着一塊豎匾，上面不是寫的字，卻是用金漆堆塑出一幅「鶴鹿同春」的畫。彎着脖子吃草的金鹿和蜷一隻腿的金鶴留給過往行人很深的印象，因為一天要看見好多次。而且這是一幅畫，凡是畫，只要畫得不太難看，人們還是願意看一眼的。這在勞碌的生活中也是一種享受。我們那裡不知道為什麼有這樣一種規矩，香店裡每天都要打一盆稀稀的漿糊，免費供應街鄰。人家要用少量的漿糊，就拿一塊小紙，到香店裡去「尋」。——大量的當然不行，比如糊窗戶、打袼褙，那得自己家裡拿麵粉沖。我小時糊風箏，就常到楊家香店尋漿糊（一個「三尾」的風箏是用不了多少漿糊的）……

　　戴家車匠店夾在兩家之間。門面很小，只有一間。地勢卻頗高。跨進門坎，得上五層台階。因此車匠店有點像個小戲台（戴車匠就好像在台上演戲）。店裡正面是一堵板壁。板壁上有一副一尺多長，四寸來寬的小小的朱紅對子，寫的是：

　　　　室雅何須大
　　　　花香不在多

不知這是哪位讀書人的手筆。但是看來戴車匠很喜歡這副對子。板壁後面，是住家。前面，是作坊。作坊靠西牆，放着兩張車床。這所謂車床和現代的鐵製車床是完全不同的。就像一張狹長的小床，木製的，有一個四框，當中有一個車軸，軸上安小塊木料，軸下有皮條，皮條釘在踏板上，雙腳上下踏動踏板，皮條牽動車軸，木料來回轉動，車匠坐在坐板上，兩手執定旋刀，車旋成器，這就是中國的古式的車床，——其原理倒是和鐵製車床是一樣的。這東西用語言是說不清楚的。《天工開物》之類的書上也許有車床的圖，我沒有查過。

　　靠裡的車床是一張大的，那還是戴車匠的父親留下的。老一輩人打東西不怕費料，總是超過需要的粗壯。這張老車床用了兩代人，坐板已經磨得很光潤，所有的榫頭都還是牢牢實實的，沒有一點活動。戴車匠嫌它過於笨重，就自己另打了一張新的。除了做特別沉重的東西，一般都使用外邊較小的這一張。

　　戴車匠起得很早。在別家店鋪才卸下鋪板的時候，戴車匠已經吃了早飯，選好了材料，看看圖樣，坐到車床的坐板上了。一個人走進他的工作，是叫人感動的。他這就和這張床子成了一體，一刻不停地做起活來了。看到戴車匠坐在床子上，讓人想起古人說的：「百工居於肆，以成其器」。中國的工匠，都是很勤快的。好吃懶做的工匠，大概沒有，——很少。

　　車匠做的活都是圓的。常言說：「砍的沒有旋的圓」。較粗的活是量米的升子，燒餅槌子。——我們那裡擀燒餅不用擀杖，用一種特製的燒餅槌子，一段圓木頭，車光了，狀如一個小碌碡，當中掏出圓洞，插進一個木桿。較細的活是布撣子的把，——末端車成一個滴溜圓的小球或甘露形狀；擀燒麥皮用的細擀杖，——我們那裡擀燒麥皮用兩根小擀杖同時擀，擀杖長五寸，粗如指，極光滑，兩根擀杖須分

量相等。最細緻的活是裝圍棋子的檳榔木的小圓罐，——罐蓋須嚴絲合縫，木理花紋不錯分毫。戴車匠做得最多的是大小不等的滑車。這是三桅大帆船上用的。布帆升降，離不開滑車。做得了的東西，都懸掛在西邊牆上，真是琳琅滿目，細巧玲瓏。

車匠用的木料都是堅實細緻的，檀木 —— 白檀，紫檀，紅木，黃楊，棗木，梨木，最次的也是榆木的。戴車匠踩動踏板，執刀就料，旋刀輕輕地吟叫着，吐出細細的木花。木花如書帶草，如韭菜葉，如番瓜瓤，有白的、淺黃的、粉紅的、淡紫的，落在地面上，落在戴車匠的腳上，很好看。住在這條街上的孩子多愛上戴車匠家看戴車匠做活，一個一個，小傻子似的，聚精會神，一看看半天。

孩子們願意上戴車匠家來，還因為他養着一窩洋老鼠 —— 白耗子，裝在一個一面有玻璃的長方木箱裡，掛在東面的牆上。洋老鼠在裡面踩車、推磨、上樓、下樓，整天不閒着，—— 無事忙。戴車匠這麼大的人了，對洋老鼠並無多大興趣，養來是給他的獨兒子玩的。

一到快過清明節了，大街小巷的孩子就都惦記起戴車匠來。

這裡的風俗，清明那天吃螺螄，家家如此，説是清明吃螺螄，可以明目。買幾斤螺螄，入鹽，少放一點五香大料，煮出一大盆，可供孩子吃一天。孩子們除了吃，還可以玩，—— 用螺螄弓把螺螄殼射出去，螺螄弓是竹製的小弓，有一支小弓箭，附在雙股麻線撚成的弓弦上。竹箭從竹片窩成的弓背當中的一個窟窿裡穿過去。孩子們用竹箭的尖端把螺螄掏出來吃了，用螺獅殼套在竹箭上，一拉弓弦，弓背彎成滿月，一撒手，噠的一聲，螺螄殼便射了出去。射得相當高，相當遠。在平地上，射上屋頂是沒有問題的。—— 竹箭被弓背擋住，是射不出去的。家家孩子吃螺螄，放螺螄弓，因此每年夏天瓦匠撿漏時，總要從瓦楞裡打掃下好些螺螄殼來。不知道為什麼，這種螺螄弓都是

車匠做，——其實這東西不用上床子旋，只要用破竹的作刀即能做成，應該由竹器店供應才對。清明前半個月，戴車匠就把別的活都停下來，整天地做螺螄弓。孩子們從戴車匠門前過，就都興奮起來。到了接近清明，戴車匠家就都是孩子。螺螄弓分大、中、小三號，彈力有差，射程遠近不同，價錢也不一樣。孩子們眼睛發亮，挑選着，比較着，挨挨擠擠，嘰嘰喳喳，好不熱鬧。到清明那天，聽吧，到處是拉弓放箭的聲音：「噠——噠！」

戴車匠每年照例要給他的兒子做一張特號的大弓。所有的孩子看了都羨慕。

戴車匠瞇縫着眼睛看着他的兒坐在門坎上吃螺螄，把螺螄殼用力地射到對面一家倒閉了的錢莊的屋頂上，若有所思。

他在想什麼呢？

他的兒子已經八歲了。他該不會是想：這孩子將來幹什麼？是讓他也學車匠，還是另外學一門手藝？世事變化很快，他隱隱約約覺得，車匠這一行恐怕不能永遠延續下去。

一九八一年，我回鄉了一次（我去鄉已四十餘年）。東街已經完全變樣，戴家車匠店已經沒有痕跡了。——侯家銀匠店，楊家香店，也都沒有了。

也許這是最後一個車匠了。

一九八五年七月

【賞析】

為什麼早年寫過一些作品，晚年還要找出來重寫？原因很簡單：喜歡，念念不忘。一九四〇年代中期，汪曾祺在上海待過兩年，此間五光十色的上海未能引起他的創作熱情，反而寫了幾篇以故鄉人事為題的作品，如〈戴車匠〉、〈雞鴨名家〉、〈異秉〉。到了新時期，汪曾祺復出文壇，創作一系列以高郵人事為題的作品，又改寫〈戴車匠〉、〈異秉〉，可見「鄉愁」在他心裡的位置。他在〈平心靜氣〉裡就說過：「人之一生感情最深的，莫過於家鄉、父母和童年。」[1]

同學細讀這篇小說，不難感受到文章有一種內在的歡樂，同時又有淡淡的哀愁。重寫這篇小說時汪曾祺已經六十五歲，小說末段提到他一九八一年回鄉，此時已離開四十多年，他小時候熟悉的街道早已變樣，經常流連的店鋪早都沒了，而筆下這位戴車匠也許是最後一個車匠了。這種情感從你們的父母或者祖父母身上或許能感受得到，如果他們早年從故鄉移居他方，那麼他們對故鄉的點點滴滴，尤其是童年的遊戲，以及故鄉的食物，一定念茲在茲。

筆者曾經把汪曾祺比喻為民俗學者，他小時候的到處走走看看，就彷如田野考察，當他把這些生活細節如數家珍般寫下來時，儼然把消逝中的歷史凝固住。所以，我們今天還能看到民初蘇北小城的車匠，以及這個小城的風俗習慣，比如清明吃螺螄、小孩放螺螄弓、香店免費供應漿糊等等。早在汪曾祺之前，魯迅、周作人兩兄弟就寫了不少家鄉紹興的風俗和吃食，避地江南的宋人孟元老的《東京夢華錄》以及明遺民張岱的《陶庵夢憶》也都是追憶之作，讓我們看到古人生活面貌的一斑。

這篇小說像汪老的其他作品一樣，也是娓娓道來。從東街景象講起，先講到侯家銀匠店和楊家香店。這兩家老店都有奇特之處：前者出租花

轎，抬過不少新娘子；後者櫃前立着一塊「鶴鹿同春」的豎匾，又免費給街鄰供應漿糊 —— 寫到這兒已經引起作家美好的回憶，他小時候糊風箏就常到楊家尋漿糊。接着才講到夾在兩店之間的戴家車匠，從店的門面講到裡屋的對聯，繼而描述店裡的兩張車床，以及車匠幹的到底是什麼活，再及車匠帶給小孩無數歡樂的時光。

「車匠」到底是一種什麼樣的職業？「所謂車匠，就是在木製的車床上用旋刀車旋小件圓形木器的那種人。」這部分的敘述反映了作家的民俗審美觀，比如寫道：「一個人走進他的工作，是叫人感動的。」又說：「中國的工匠，都是很勤快的。好吃懶做的工匠，大概沒有，—— 很少。」可見汪曾祺對這些人物充滿敬佩之情。對這些工匠來說，他們從事的只是糊口的工作，但在汪曾祺眼中，卻不失為一種充滿生命力的民間藝術，試看文中一段描述：

> 車匠用的木料都是堅實細緻的，檀木 —— 白檀，紫檀，紅木，黃楊，棗木，梨木，最次的也是榆木的。戴車匠踩動踏板，執刀就料，旋刀輕輕地吟叫着，吐出細細的木花。木花如書帶草，如韭菜葉，如番瓜瓢，有白的、淺黃的、粉紅的、淡紫的，落在地面上，落在戴車匠的腳上，很好看。

沒有審美的心靈是看不到各色木花灑落之美的，或許因為汪曾祺也是一位畫家，所以總是以審美的眼光來看待世間萬物。此篇通過溫和的筆觸，為這個早被時代淘汰的傳統手工業技藝，留下美麗的一瞥。

最後值得一提的是車匠與孩子的關係。原來街上的孩子都愛上戴車匠家看他做活，小說中寫到「一個一個，小傻子似的，聚精會神，一看看半天」，這裡面的小傻子就有一位叫做汪曾祺；因為製作螺螄弓的關係，清

明前車匠家又擠滿了孩子，這裡面還有這位汪曾祺。童年的回憶在作家筆下多麼美好。不知我們這個時代的孩子長大後，對於自己的童年又會有怎樣的回憶呢？

【 注 釋 】

〔1〕　汪曾祺著，鄧九平編：《汪曾祺全集》，第六卷，〈平心靜氣〉，頁二六三。

散文

使用語言，譬如揉麵。麵要揉到了，才軟熟，筋道，有勁兒。

自報家門

【題解】

〈自報家門〉寫於一九八八年，是一篇簡單介紹作家生平及創作理念的文章。汪曾祺在新時期復出文壇後，創作了一系列清新動人的小說，深受讀者歡迎，大家都希望對他有多一點認識，所以就有了這篇文章。此篇寫得極為流暢，從故鄉、祖父、父母親、國文老師，再到個人經歷、創作心得，侃侃道來，詳略有致，不乏幽默，適合燈下一杯熱茶，細細咀嚼。

【文本】

京劇的角色出台，大都有一段相當長的獨白。向觀眾介紹自己的歷史，最近遇到什麼事，他將要幹什麼，叫做「自報家門」。過去西方戲劇很少用這種辦法。西方戲劇的第一幕往往是介紹人物，通過別人之口互相介紹出劇中人。這實在很費事。中國的「自報家門」省事

得多。我採取這種辦法，也是為了圖省事，省得麻煩別人。

　　法國安妮‧居里安女士打算翻譯我的小說。她從波士頓要到另一個城市去，已經訂好了飛機票。聽說我要到波士頓，特意把機票退了，好跟我見一面。她談了對我的小說的印象，談得很聰明。有一點是別的評論家沒有提過，我自己從來沒有意識到的。她說我很多小說裡都有水，〈大淖記事〉是這樣。〈受戒〉寫水雖不多，但充滿了水的感覺。我想了想，真是這樣。這是很自然的。我的家鄉是一個水鄉，江蘇北部一個不大的城市 —— 高郵。在運河的旁邊。

　　運河西邊，是高郵湖。城的地勢低，據說運河的河底和城牆垛子一般高。我們小時候到運河堤上去玩，可以俯瞰堤下人家的屋頂。因此，常常鬧水災。縣境內有很多河道。出城到鄉鎮，大都是坐船。農民幾乎家家都有船。水不但於不自覺中成了我的一些小說的背景，並且也影響了我的小說的風格。水有時是洶湧澎湃的，但我們那裡的水平常總是柔軟的，平和的，靜靜地流着。

　　我是一九二〇年生的。三月五日。按陰曆算，那天正好是正月十五，元宵節。這是一個吉祥的日子。中國一直很重視這個節日。到現在還是這樣。到了這天，家家吃「元宵」，南北皆然。沾了這個光，我每年的生日都不會忘記。

　　我的家庭是一個舊式的地主家庭。房屋、家具、習俗，都很舊。整所住宅，只有一處叫做「花廳」的三大間是明亮的，因為朝南的一溜大窗戶是安玻璃的。其餘的屋子的窗格上都糊的是白紙。一直到我讀高中時，晚上有的屋裡點的還是豆油燈。這在全城（除了鄉下）大概找不出幾家。

　　我的祖父是清朝末科的「拔貢」。這是略高於「秀才」的功名。據說要八股文寫得特別好，才能被選為「拔貢」。他有相當多的田

產，大概有兩三千畝田，還開着兩家藥店，一家布店，但是生活卻很儉省。他愛喝一點酒，酒菜不過是一個鹹鴨蛋，而且一個鹹鴨蛋能喝兩頓酒。喝了酒有時就一個人在屋裡大聲背唐詩。他同時又是一個免費為人醫治眼疾的眼科醫生。我們家看眼科是祖傳的。在孫輩裡他比較喜歡我。他讓我聞他的鼻煙。有一回我不停地打嗝，他忽然把我叫到跟前，問我他吩咐我做的事做好了沒有。我想了半天，他吩咐過我做什麼事呀？我使勁地想。他哈哈大笑：「嗝不打了吧！」他說這是治打嗝的最好的辦法。他教過我讀《論語》，還教我寫過初步的八股文，說如果在清朝，我完全可以中一個秀才（那年我才十三歲）。他賞給我一塊紫色的端硯，好幾本很名貴的原拓本字帖。一個封建家庭的祖父對於孫子的偏愛，也僅能表現到這個程度。

我的生母姓楊。楊家是本縣的大族。在我三歲時，她就死去了。她得的是肺病，早就一個人住在一間偏屋裡，和家人隔離了。她不讓人把我抱去見她。因此我對她全無印象。我只能從她的遺像（據說畫得很像）上知道她是什麼樣子，另外我從父親的畫室裡翻出一摞她生前寫的大楷，字寫得很清秀。由此我知道我的母親是讀過書的。她嫁給我父親後還能每天寫一張大字，可見她還過着一種閨秀式的生活，不為柴米操心。

我父親是我所知道的一個最聰明的人。多才多藝。他不但金石書畫皆通，而且是一個擅長單槓的體操運動員，一名足球健將。他還練過中國的武術。他有一間畫室，為了用色準確，裱糊得「四白落地」。他後半生不常作畫，以「懶」出名。他的畫室裡堆積了很多求畫人送來的宣紙，上面都貼了一個紅籤：「敬求法繪，賜呼 ××」。我的繼母有時提醒：「這幾張紙，你該給人家畫畫了，」父親看看紅籤，說：「這人已經死了。」每逢春秋佳日，天氣晴和，他就打開畫

室作畫。我非常喜歡站在旁邊看他畫，對着宣紙端詳半天。先用筆桿的一頭或大拇指指甲在紙上劃幾道，決定佈局，然後畫花頭、枝幹、佈葉、勾筋。畫成了，再看看，收拾一遍，題字，蓋章，用撳釘釘在板壁上，再反復看看。他年輕時曾畫過工筆的菊花。能辨別、表現很多菊花品種。因為他是陰曆九月生的，在中國，習慣把九月叫做菊月，所以對菊花特別有感情。後來就放筆作寫意花卉了。他的畫，照我看是很有功力的。可惜局處在一個小縣城裡，未能浪遊萬里，多睹大家真跡。又未曾學詩，題識多用成句，只成「一方之士」，聲名傳得不遠。很可惜！他學過很多樂器，笙簫管笛、琵琶、古琴都會。他的胡琴拉得很好。幾乎所有的中國樂器我們家都有過。包括嗩吶、海笛。他吹過的簫和笛子是我一生中見過的最好的簫笛。他的手很巧，心很細。我母親的冥衣（中國人相信人死了，在另一個世界 —— 陰間還要生活，故用紙糊製了生活用物燒了，使死者可以「冥中收用」，統稱冥器）是他親手糊的。他選購了各種研花的色紙，糊了很多套，四季衣裳，單夾皮棉，應有盡有。「裘皮」剪得極細，和真的一樣，還能分出羊皮、狐皮。他會糊風箏。有一年糊了一個蜈蚣 —— 這是風箏最難的一種，帶着兒女到麥田裡去放。蜈蚣在天上矯矢擺動，跟活的一樣。這是我永遠不能忘記的一天。他放蜈蚣用的是胡琴的「老弦」。用琴弦放風箏，我還未見過第二人。他養過鳥，養過蟋蟀。他用鑽石刀把玻璃裁成小片，再用膠水一片一片逗攏黏固，做成小船、小亭子、八面玲瓏繡球，在裡面養金鈴子 —— 一種金色的小昆蟲，磨翅發聲如金鈴。我父親真是一個聰明人。如果我還不算太笨，大概跟我從父親那裡接受的遺傳因子有點關係。我的審美意識的形成，跟我從小看他作畫有關。

我父親是個隨便的人，比較有同情心，能平等待人。我十幾歲時

就和他對座飲酒，一起抽煙。他說：「我們是多年父子成兄弟。」他的這種脾氣也傳給了我。不但影響了我和家人子女、朋友後輩的關係，而且影響了我對我所寫的人物的態度以及對讀者的態度。

我的小學和初中是在本縣讀的。

小學在一座佛寺的旁邊，原來即是佛寺的一部分。我幾乎每天放學都要到佛寺裡逛一逛，看看哼哈二將、四大天王、釋迦牟尼、迦葉阿難、十八羅漢、南海觀音。這些佛像塑得生動。這是我的雕塑藝術館。

從我家到小學要經過一條大街，一條曲曲彎彎的巷子。我放學回家喜歡東看看，西看看，看看那些店鋪、手工作坊、布店、醬園、雜貨店、爆仗店、燒餅店、賣石灰麻刀的鋪子、染坊……我到銀匠店裡去看銀匠在一個模子上鏨出一個小羅漢，到竹器廠看師父怎樣把一根竹竿做成範草的範子，到車匠店看車匠用硬木車旋出各種形狀的器物，看燈籠鋪糊燈籠……百看不厭。有人問我是怎樣成為一個作家的，我說這跟我從小喜歡東看看西看看有關。這些店鋪、這些手藝人使我深受感動，使我聞嗅到一種辛勞、篤實、輕甜、微苦的生活氣息。這一路的印象深深注入我的記憶，我的小說有很多篇寫的便是這座封閉的、褪色的小城的人事。

初中原是一個道觀，還保留着一個放生魚池。池上有飛樑（石橋），一座原來供奉呂洞賓的小樓和一座小亭子。亭子四周長滿了紫竹（竹竿深紫色）。這種竹子別處少見。學校後面有小河，河邊開着野薔薇。學校挨近東門，出東門是殺人的刑場。我每天沿着城東的護城河上學、回家，看柳樹，看麥田，看河水。

我自小學五年級至初中畢業，教國文的都是一位姓高的先生。高先生很有學問，他很喜歡我。我的作文幾乎每次都是「甲上」。在他

所授古文中，我受影響最深的是明朝大散文家歸有光的幾篇代表作。歸有光以輕淡的文筆寫平常的人物，親切而淒婉。這和我的氣質很相近，我現在的小説裡還時時回響着歸有光的餘韻。

我讀的高中是江陰的南菁中學。這是一座創立很早的學校，至今已百餘年歷史。這個學校注重數理化，輕視文史。但我買了一部詞學叢書，課餘常用毛筆抄宋詞，既練了書法，也略窺了詞意。詞大都是抒情的，多寫離別。這和少年人每易有的無端感傷情緒易於相合。到現在我的小説裡還帶有一點隱隱約約的哀愁。

讀了高中二年級，日本人佔領了江南，江北危急。我隨祖父、父親在離城稍遠的一個村莊的小庵裡避難。在庵裡大概住了半年。我在〈受戒〉裡寫了和尚的生活。這篇作品引起注意，不少人問我當過和尚沒有。我沒有當過和尚。在這座小庵裡我除了帶了準備考大學的教科書，只帶了兩本書，一本《沈從文小説選》，一本屠格涅夫的《獵人日記》。説得誇張一點，可以説這兩本書定了我的終身。這使我對文學形成比較穩定的興趣，並且對我的風格產生深遠的影響。我父親也看了沈從文的小説，説：「小説也是可以這樣寫的？」我的小説也有人説是不像小説，其來有自。

一九三九年，我從上海經香港、越南到昆明考大學。到昆明，得了一場惡性瘧疾，住進了醫院。這是我一生第一次住院，也是唯一的一次。高燒超過四十度。護士給我注射了強心針，我問她：「要不要寫遺書？」我剛剛能喝一碗蛋花湯，晃晃悠悠進了考場。考完了。一點把握沒有。天保佑，發了榜，我居然考中了第一志願：西南聯大中國文學系！

我成不了語言文字學家。我對古文字有興趣的只是它的美術價值 —— 字形。我一直沒有學會國際音標。我不會成為文學史研究者

或文學理論專家，我上課很少記筆記，並且時常缺課。我只能從興趣出發，隨心所欲，亂七八糟地看一些書。白天在茶館裡。夜晚在系圖書館。於是，我只能成為一個作家了。

不能說我在投考志願書上填了西南聯大中國文學系是衝着沈從文去的，我當時有點恍恍惚惚，缺乏任何強烈的意志。但是「沈從文」是對我很有吸引力的，我在填表前是想到過的。

沈先生一共開過三門課：各體文習作、創作實習、中國小說史，我都選了。沈先生很欣賞我。我不但是他的入室弟子，可以說是得意高足。

沈先生實在不大會講課。講話聲音小，湘西口音很重，很不好懂。他講課沒有講義，不成系統，只是即興的漫談。他教創作，反反復復，經常講的一句話是：要貼到人物來寫。很多學生都不大理解這是什麼意思。我是理解的。照我的理解，他的意思是：在小說裡，人物是主要的，主導的，其餘的都是次要的，派生的。作者的心要和人物貼近，富同情，共哀樂。什麼時候作者的筆貼不住人物，就會虛假。寫景，是製造人物生活的環境。寫景處即是寫人，景和人不能游離。常見有的小說寫景極美，但只是作者眼中之景，與人物無關。這樣有時甚至會使人物疏遠。即作者的敘述語言也須和人物相協調，不能用知識份子的語言去寫農民。我相信我的理解是對的。這也許不是寫小說唯一的原則（有的小說可以不着重寫人，也可以有的小說只是作者在那裡發議論），但是是重要的原則。至少在現實主義的小說裡，這是重要原則。

沈先生每次進城（為了躲日本飛機空襲，他住在昆明附近呈貢的鄉下，有課時才進城住兩三天），我都去看他。還書、借書，聽他和客人談天。他上街，我陪他同去，逛寄賣行，舊貨攤，買耿馬漆盒，

買火腿月餅。餓了，就到他的宿舍對面的小鋪吃一碗加一個雞蛋的米線。有一次我喝得爛醉，坐在路邊，他以為是一個生病的難民，一看，是我！他和幾個同學把我架到宿舍裡，灌了好些釅茶，我才清醒過來。有一次我去看他，牙疼，腮幫子腫得老高，他不說一句話，出去給我買了幾個大桔子。

我讀的是中國文學系，但是大部分時間是看翻譯小說。當時在聯大比較時髦的是 A・紀德，後來是薩特。我二十歲開始發表作品。外國作家我受影響較大的是契訶夫，還有一個西班牙作家阿索林。我很喜歡阿索林，他的小說像是覆蓋着陰影的小溪，安安靜靜的，同時又是活潑的，流動的。我讀了一些莭金妮亞・沃爾芙的作品，讀了普特斯特小說的片段。我的小說有一個時期明顯地受了意識流方法的影響，如《小學校的鐘聲》、《復仇》。

離開大學後，我在昆明郊區一個聯大同學辦的中學教了兩年書。《小學校的鐘聲》和《復仇》便是這時寫的。當時沒有地方發表。後來由沈先生寄給上海的《文藝復興》，鄭振鐸先生打開原稿，發現上面已經叫蠹蟲蛀了好些小洞。

一九四六年初秋，我由昆明到上海。經李健吾先生介紹，到一個私立中學教了兩年書。一九四八年初春離開。這兩年寫了一些小說，結為《邂逅集》。

到北京，失業半年，後來到歷史博物館任職。陳列室在午門城樓上，展出的文物不多，遊客寥寥無幾。職員裡住在館裡的只有我一個人。我住的那間據說原是錦衣衛值宿的屋子。為了防火，當時故宮範圍內都不裝電燈，我就到舊貨攤上買了一盞白瓷罩子的古式煤油燈。晚上燈下讀書，不知身在何世。北京一解放，我就報名參加了四野南下工作團。

我原想隨四野一直打到廣州，積累生活，寫一點剛勁的作品。不想到武漢就被留下來接管文教單位，後來又被派到一個女子中學當副教導主任。一年之後，我又回到北京，到北京市文聯工作。一九五四年，調中國民間文藝研究會。

　　自一九五〇年至一九五八年，我一直當文藝刊物編輯。編過《北京文藝》、《說說唱唱》、《民間文學》。我對民間文學是很有感情的。民間故事豐富的想像和農民式的幽默，民歌比喻的新鮮和韻律的精巧使我驚奇不置。但我對民間文學的感情被割斷了。一九五八年，我被錯劃成右派，下放到長城外面的一個農業科學研究所勞動，將近四年。

　　這四年對我來說是很重要的。我和農業工人（即是農民）一同勞動，吃一樣的飯，晚上睡在一間大宿舍裡，一鋪大炕（枕頭挨着枕頭，蝨子可以自由地從最東邊一個人的被窩裡爬到最西邊的被窩裡）。我比較切實地看到中國的農村和中國的農民是怎麼回事。

　　一九六二年初，我調到北京京劇團當編劇，一直到現在。

　　我二十歲開始發表作品，今年六十九歲，寫作時間不可謂不長。但我的寫作一直是斷斷續續，一陣一陣的，因此數量很少。過了六十歲，就聽到有人稱我為「老作家」，我覺得很不習慣。第一，我不大意識到我是一個作家；第二，我沒有覺得我已經老了。近兩年逐漸習慣了。有什麼辦法呢，歲數不饒人。杜甫詩：「座下人漸多」。現在每有宴會，我常被請到上席，我已經出了幾本書，有點影響。再說我不是作家，就有點矯情了。我算什麼樣的作家呢？

　　我年輕時受過西方現代派的影響，有些作品很「空靈」，甚至很不好懂。這些作品都已散失。有人說翻翻舊報刊，是可以找到了。勸我搜集起來出一本書。我不想幹這種事。實在太幼稚，而且和人民的

疾苦距離太遠。我近年的作品漸趨平實。在北京市作協討論我的作品的座談會上，我作了一個簡短的發言，題為「回到民族傳統，回到現實主義」，這大體上可以說是我現在的文學主張。我並不排斥現代主義。每逢有人詆毀青年作家帶有現代主義傾向的作品時，我常會為他們辯護。我現在有時也偶爾還寫一點很難説是純正的現實主義的作品，比如《曇花、鶴和鬼火》，就是在通體看來是客觀敘述的小説中有時還夾帶一點意識流片段，不過評論家不易察覺。我的看似平常的作品其實並不那麼老實。我希望能做到融奇崛於平淡，納外來於傳統，不今不古，不中不西。

我是較早意識到要把現代創作和傳統文化結合起來的。和傳統文化脫節，我以為是開國以後，五十年代文學的一個缺陷。——有人説這是中國文化的「斷裂」，這説得嚴重了一點。有評論家説我的作品受了兩千多年前的老莊思想的影響，可能有一點，我在昆明教中學時案頭常放的一本書是《莊子集解》。但是我對莊子感極大的興趣的，主要是其文章，至於他的思想，我到現在還不甚了了。我自己想想，我受影響較深的，還是儒家。我覺得孔夫子是個很有人情味的人，並且是個詩人。他可以發脾氣，賭咒發誓。我很喜歡《論語·子路曾皙冉有公西華侍坐章》。他讓在座的四位學生談談自己的志願，最後問到曾皙（點）。

「點，爾何如？」

鼓瑟希，鏗爾，舍瑟而作，對曰：「異乎三子得之撰。」

子曰：「何傷乎？亦各言其志也。」

曰：「暮春者，春服既成，冠者五六人，童子六七人，浴乎沂，風乎舞雩，詠而歸。」

夫子喟然歎曰：「吾與點也。」

這寫得實在非常美。曾點的超功利的率性自然的思想是生活境界的美的極致。

我很喜歡宋儒的詩：

萬物靜觀皆自得，
四時佳興與人同。

說得更實在的是：

頓覺眼前生意滿，
須知世上苦人多。

我覺得儒家是愛人的，因此我自詡為「中國式的人道主義者」。

我的小說似乎不講究結構。我在一篇談小說的短文中，說結構的原則是：隨便。有一位年齡略低我的作家每談小說，必談結構的重要。他說：「我講了一輩子結構，你卻說：隨便！」我後來在談結構的前面加了一句話：「苦心經營的隨便」，他同意了。我不喜歡結構痕跡太露的小說，如莫泊桑，如歐‧亨利。我傾向「為文無法」，即無定法。我很嚮往蘇軾所說的：「如行雲流水，初無定質，但常行於所當行，常止於所不可不止，文理自然，姿態橫生。」我的小說在國內被稱為「散文化」的小說。我以為散文化是世界短篇小說發展的一種（不是唯一的）趨勢。

我很重視語言，也許過分重視了。我以為語言具有內容性。語言

是小説的本體，不是外部的，不只是形式、是技巧。探索一個作者氣質、他的思想（他的生活態度，不是理念），必須由語言入手，並始終浸在作者的語言裡。語言具有文化性。作品的語言映照出作者的全部文化修養。語言的美不在一個一個句子，而在句與句之間的關係。包世臣論王羲之字，看來參差不齊，但如老翁攜帶幼孫，顧盼有情，痛癢相關。好的語言正當如此。語言像樹，枝幹內部液汁流轉，一枝搖，百枝搖。語言像水，是不能切割的。一篇作品的語言，是一個有機的整體。

我認為一篇小説是作者和讀者共同創作的。作者寫了，讀者讀了，創作過程才算完成。作者不能什麼都知道，都寫盡了。要留出餘地，讓讀者去捉摸，去思索，去補充。中國畫講究「計白當黑」。包世臣論書以為當使字之上下左右皆有字。宋人論崔顥的《長干歌》「無字處皆有字」。短篇小説可以説是「空白的藝術」。辦法很簡單：能不説的話就不説。這樣一篇小説的容量就會更大了，傳達的信息就更多。以己少少許，勝人多多許。短了，其實是長了。少了，其實是多了。這是很划算的事。

我這篇「自報家門」實在太長了。

一九八八年三月二十日
載一九八八年第七期《作家》

【賞析】

〈自報家門〉這樣的文章並不好寫，這好比一個短小的自傳。傳記一

方面要求涉獵面廣，時間跨度長，這樣讀者才能對作者有深刻的認識。但是，資料太多太詳又容易造成雜亂無章，冗長乏味，使人失去閱讀的興趣。因此，恰當取材，有輕有重，哪些事情、哪些人物詳寫，哪些可以略過，心裡要有數。如果同學把文章從頭到尾瀏覽一遍，再看段落之間的過渡，可見汪曾祺下筆前，早就把結構、內容想好了，所以讀起來非常流暢，主題突出。

文章基本上是順時推進，從作者出生講到當下生活，這是文章的外在結構。不過，裡面還有一個內在結構，正是文章主題所在，不受時間限制。這個主題就是「一個作家是如何形成的」，只要與主題相關就多寫，無關則略寫。

開首寫到我的故鄉、我的祖父、我的父親，都是緊扣其作家身份而言，比方說法國評論家安妮·居里安評其小說裡充滿了「水」——因為他的家鄉高郵就是一個水鄉啊。他的祖父就是他的啟蒙老師，常在屋裡大聲背唐詩，教他讀《論語》，這種影響是深遠的，文末就提到他創作思想比較接近儒家，尤其喜歡《論語·子路曾皙冉有公西華侍坐章》這一章。細心的讀者還會發現祖父經營的藥店後來成了他創作的題材。「我的父親」寫得最詳細，汪曾祺不厭其煩地描述父親的各種才能，諸如畫畫、音樂、手藝……再寫到父子情，一起對座飲酒、一起抽煙。這裡想表達的正是「他的這種脾氣也傳給了我。不但影響了我和家人子女、朋友後輩的關係，而且影響了我對我所寫的人物的態度以及對讀者的態度」。

另一個深深影響汪曾祺創作的人是沈從文，或者說沈從文說過的一句話：「要貼到人物來寫」。汪曾祺一直銘記這句話，並把他應用在創作上。對於其他同學不太理解這句話的意思，自己卻深諳其義，汪曾祺是有一點沾沾自喜之情，畢竟他是沈從文的「得意高足」。對於「作家是如何形成的」，汪曾祺還想說：這是長年累月積累下來的。因此，當他講到

「我的小學」時，並沒有寫什麼老師、同學、學校生活之類的，而是寫他從家到學校的路上，如何到處閒逛，看各式店鋪，各樣匠人幹活的情況，正好呼應之前講到的〈戴車匠〉。一個作家必須有生活的敏感度，要對周遭的一切充滿好奇心，這樣才能把人物寫活了。至於畢業後工作的情況，雖然涉及昆明、上海、北京、武漢等幾個地方不同的崗位，從一九四四到一九五八年，十幾年的光陰，卻是寥寥數筆，一帶而過。對於自己被錯劃成右派及下放的情況，也是點到即止。

文章的後半部分主要講創作歷程和理念，即其思想的轉變，從早期受西方現代派影響，到後來回歸傳統，回到現實主義；再講小說結構及語言的特色；再及作者、讀者共同完成一篇作品。汪曾祺盡量扼要交代，脈絡清晰，每一論點用一兩個例子說明，比如用包世臣論王羲之字來說明「語言的美不在一個一個句子，而在句與句之間的關係」，甚為生動，具說服力。

整篇文章讀下來，可以感受到汪曾祺對生活是持着樂觀、正面的態度。雖然早年喪母，但是他記着祖父對他的偏愛，父親對他的影響，還有國文老師高先生、沈從文的提拔。回到開篇提及自己是元宵節生日，「沾了這個光，我每年的生日都不會忘記」，可見他的童年、青少年是很愉悅的。至於後來生活的坎坷，他又以宋儒的詩來自勉：「頓覺眼前生意滿，須知世上苦人多」。

多年父子成兄弟

父親、母親是永遠的寫作題材,現當代作家寫父母親的多不勝數,同學比較熟悉的可能是朱自清的〈背影〉和冰心的〈紙船〉。其實,魯迅、老舍、胡適、莫言、賈平凹、張愛玲等作家都寫過自己的父親或母親,各有特色。汪曾祺這篇寫父親的散文放在這些文章裡一點兒也不遜色,反而突顯其真摯、質樸之情,而其中兄弟般的父子關係更是當今社會最看重的一環。

【文本】

這是我父親的一句名言。

父親是個絕頂聰明的人。他是畫家,會刻圖章,畫寫意花卉。圖章初宗浙派,中年後治漢印。他會擺弄各種樂器,彈琵琶,拉胡琴,笙簫管笛,無一不通。他認為樂器中最難的其實是胡琴,看起來簡

單，只有兩根弦，但是變化很多，兩手都要有功夫。他拉的是老派胡琴，弓子硬，松香滴得很厚——現在拉胡琴的松香都只滴了薄薄的一層，他的胡琴音色剛亮。胡琴碼子都是他自己刻的，他認為買來的不中使。他養蟋蟀養金鈴子，他養過花，他養的一盆素心蘭在我母親病故那年死了，從此他就不再養花。我母親死後，他親手給她做了幾箱子冥衣——我們那裡有燒冥衣的風俗。按照母親生前的喜好，選購了各種花素色紙作衣料，單夾皮棉，四時不缺。他做的皮衣能分得出小麥穗、羊羔、灰鼠、狐肷。

父親是個很隨和的人，我很少見他發過脾氣，對待子女，從無疾言厲色。他愛孩子，喜歡孩子，愛跟孩子玩，帶着孩子玩。我的姑媽稱他為「孩子頭」。春天，不到清明，他領一群孩子到麥田裡放風箏。放的是他自己糊的蜈蚣（我們那裡叫「百腳」），是用染了色的絹糊的。放風箏的線是胡琴的老弦。老弦結實而輕，這樣風箏可筆直地飛上去，沒有「肚兒」。用胡琴弦放風箏，我還未見過第二人。清明節前，小麥還沒有「起身」，是不怕踐踏的，而且越踏會越長得旺。孩子們在屋裡悶了一冬天，在春天的田野裡奔跑跳躍，身心都極其暢快。他用鑽石刀把玻璃裁成不同形狀的小塊，再一塊一塊鬥攏，接縫處用膠水黏牢，做成小橋、小亭子、八角玲瓏水晶球。橋、亭、球是中空的，裡面養了金鈴子。從外面可以看到金鈴子在裡面自在爬行，振翅鳴叫。他會做各種燈。用淺綠透明的「魚鱗紙」紮了一隻紡織娘，栩栩如生。用西洋紅染了色，上深下淺，通草做花瓣，做了一個重瓣荷花燈，真是美極了。用小西瓜（這是拉秧的小瓜，因其小，不中吃，叫做「打瓜」或「篤瓜」）上開小口挖淨瓜瓤，在瓜皮上雕鏤出極細的花紋，做成西瓜燈。我們在這些燈裡點了蠟燭，穿街過巷，鄰居的孩子都跟過來看，非常羨慕。

父親對我的學業是關心的，但不強求。我小時候，國文成績一直是全班第一。我的作文，時得佳評，他就拿出去到處給人看。我的數學不好，他也不責怪，只要能及格，就行了。他畫畫，我小時也喜歡畫畫，但他從不指點我。他畫畫時，我在旁邊看，其餘時間由我自己亂翻畫譜，瞎抹。我對寫意花卉那時還不太會欣賞，只是畫一些鮮豔的大桃子，或者我從來沒有見過的瀑布。我小時字寫得不錯，他倒是給我出過一點主意。在我寫過一陣「圭峰碑」和「多寶塔」以後，他建議我寫寫「張猛龍」。這建議是很好的，到現在我寫的字還有「張猛龍」的影響。我初中時愛唱戲，唱青衣，我的嗓子很好，高亮甜潤。在家裡，他拉胡琴，我唱。我的同學有幾個能唱戲的。學校開園樂會，他應我的邀請，到學校去伴奏。幾個同學都只是清唱，有一個姓費的同學借到一頂紗帽，一件藍官衣，扮起來唱「朱砂井」，但是沒有配角，沒有衙役，沒有犯人，只是一個趙廉，搖着馬鞭在台上走了兩圈，唱了一段「郡塢縣在馬上心神不定」便完事下場。父親那麼大的人陪着幾個孩子玩了一下午，還挺高興。我十七歲初戀，暑假裡，在家寫情書，他在一旁瞎出主意。我十幾歲就學會了抽煙喝酒。他喝酒，給我也倒一杯。抽煙，一次抽出兩根他一根我一根。他還總是先給我點上火。我們的這種關係，他人或以為怪。父親説：「我們是多年父子成兄弟。」

　　我和兒子的關係也是不錯的。我戴了「右派份子」的帽子下放張家口農村勞動，他那時還從幼兒園剛畢業，剛剛學會漢語拼音，用漢語拼音給我寫了第一封信。我也只好趕緊學會漢語拼音，好給他寫回信。「文化大革命」期間，我被打成「黑幫」，送進「牛棚」。偶爾回家，孩子們對我還是很親熱。我的老伴告誡他們「你們要和爸爸『劃清界限』」，兒子反問母親：「那你怎麼還給他打酒？」只有一件事，兩

代之間，曾有分歧。他下放山西忻縣「插隊落戶」，按規定，春節可以回京探親。我們等着他回來。不料他同時帶回了一個同學。他這個同學的父親是一位正受林彪迫害，搞得人囚家破的空軍將領。這個同學在北京已經沒有家。按照大隊的規定是不能回北京的，但是孩子很想回北京，在一伙同學的秘密幫助下，我的兒子就偷偷地把他帶回來了。他連「臨時戶口」也不能上，是個「黑人」，我們留他在家住，等於「窩藏」了他。公安局隨時可以來查戶口，街道辦事處的大媽也可能舉報。當時人人自危，自顧不暇，兒子惹了這麼一個麻煩，使我們非常為難。我和老伴把他叫到我們的臥室，對他的冒失行為表示不滿，我責備他：「怎麼事前也不和我們商量一下！」我的兒子哭了，哭得很委屈，很傷心。我們當時立刻明白了：他是對的，我們是錯的。我們這種怕擔干係的思想是庸俗的。我們對兒子和同學之間義氣缺乏理解，對他的感情不夠尊重。他的同學在我們家一直住了四十多天，才離去。

對兒子的幾次戀愛，我採取的態度是「聞而不問」。了解，但不干涉。我們相信他自己的選擇，他的決定。最後，他悄悄和一個小學時期女同學好上了，結了婚。有了一個女兒，已近七歲。

我的孩子有時叫我「爸」，有時叫我「老頭子！」連我的孫女也跟着叫。我的親家母說這孩子「沒大沒小」。我覺得一個現代化的，充滿人情味的家庭，首先必須做到「沒大沒小」。父母叫人敬畏，兒女「筆管條直」最沒有意思。

兒女是屬於他們自己的。他們的現在，和他們的未來，都應由他們自己來設計。一個想用自己理想的模式塑造自己的孩子的父親是愚蠢的，而且，可惡！另外作為一個父親，應該盡量保持一點童心。

一九九〇年九月一日

載一九九一年第一期《福建文學》

【賞析】

從文學評論的角度來看，這篇小說寫得很成功，結構分明，內容翔實，文章從「多年父子成兄弟」這中心句展開討論，再用兩段父子情貫穿全文，最後就父子相處之道稍作評論，以作收結。

讀過〈自報家門〉，我們知道汪曾祺的生母在他三歲時已經去世，所以父親的角色非常重要。讀這篇文章時，我們可以感受到汪老心裡的激動，他對父親的欣賞、惺惺相惜之情溢於言外，一句「父親是個絕頂聰明的人」就可以看出父親在他心裡的位置！他父親多才多藝，會畫畫，會刻圖章，會玩各種樂器，尤其是胡琴。父親拉的胡琴松香滴得很厚，音色剛亮，胡琴碼子是自己刻的，還用胡琴的老弦做風箏的線。汪曾祺唸初中時愛唱戲，他父親就給他拉胡琴伴奏，還參加學校的園樂會，陪孩子玩了一下午。細心讀一下這些文字，你會發現幾乎每句都以「他」開頭：他……他……他……汪曾祺是多麼急不及待要告訴讀者自己的父親有多棒，自己多麼喜歡父親的陪伴。

汪曾祺的生母早逝，汪曾祺並沒有正面描述父親對母親的愛，而是通過兩件小事來映襯。「他養過花，他養的一盆素心蘭在我母親病故那年死了，從此他就不再養花。」這是多麼悲痛的一種思念。父親還親手給母親做了幾箱子冥衣，用各式花紙做衣料，夏衣冬衣俱備，做得極其細緻，四時不缺。在這個背景下，言語彷彿是多餘的，父親的行為在汪曾祺幼小的心靈裡打下了深深的烙印。

這篇散文既可看作紀念父親的文章，其實也是一篇談教育的散文，裡面自由、開明、尊重孩子的論點放在當今社會仍然是當頭棒喝。

父親是個「孩子頭」，喜歡跟孩子玩各種遊戲，而且還自己一手包辦所有的「玩具」！放風箏，放的是父親糊的蜈蚣；養金鈴子，養在父親做

的水晶球裡；做各種各樣的燈，年幼的汪曾祺在這些燈裡點了蠟燭，穿街過巷，鄰居羨慕不已。想想，現在的父母有幾個會給孩子做玩具？哪些玩具不是從大商店裡買回來的？其中又有幾件是獨一無二的？要知道這些獨一無二的玩具能叫孩子記住一輩子。

其次，學習方面，現今不少家長都過分積極，揠苗助長，給孩子報讀各種補習班、課外活動。汪老卻說：「我的數學不好，他也不責怪，只要能及格，就行了。」父親會畫畫，卻不指點兒子，由他自己亂翻畫譜，瞎抹。父親的管教之道令我想起盧梭的《愛彌兒》，他這種態度其實是尊重孩子的天性，任其自然發展。我想他父親大概看出自己的孩子語文能力比較強，所以拿着孩子的佳作到處給人看，但對於數學卻不強求，不難為孩子。父母其實不應該在孩子年幼時過分「參與」、「指教」，這樣反而會壓抑孩子天馬行空的想像力。文章裡最為人津津樂道的當是十七歲的汪曾祺寫情書，父親竟在一旁瞎出主意；他十幾歲學會抽煙喝酒（暫不論年輕人應否抽煙喝酒），父親就跟他一起抽煙喝酒，還先給兒子點火，可見父親真是把兒子當作兄弟看待了！

另一方面，汪曾祺繼承了這種父子相處之道，對自己的兒子也是尊重、包容。從「窩藏黑人」一事來看，成人固然有偏見，顧慮較多，不像孩子般善惡分明，但難得的是汪曾祺作為父親，沒有執持己見，反而反躬自省，最後接納孩子的想法，支持他的決定。

古語云：「養不教，父之過。」其實，怎麼「教」才是學問，當中又以「身教」最為重要。汪曾祺的父親熱愛生活，重感情，有童心，愛孩子……這些深深影響了汪曾祺，使他最終成為出色的作家。請允許我重複一遍文章的結尾：「兒女是屬於他們自己的。他們的現在，和他們的未來，都應由他們自己來設計。一個想用自己理想的模式塑造自己的孩子的父親是愚蠢的，而且，可惡！另外作為一個父親，應該盡量保持一點童心。」

西南聯大中文系

【題解】

　　國立西南聯合大學是中國現代歷史上一所非常奇特的大學，誕生於戰禍時代，結束於和平歲月，群集各方賢能，孕育大量精英。[1] 汪曾祺於一九三九至一九四四年曾經就讀這間大學的中文系，受教於朱自清、聞一多、沈從文、卞之琳、陳夢家、羅常培、劉文典等著名學者，親炙一代文宗風範。這篇文章記載的正是此段學習生涯，文中着力刻劃自由的校風及各位前輩獨特的教學風格，並點出「自由」對大學教育、對培育人才之重要性。

【注釋】

〔1〕　一九三七年七月七日「盧溝橋事變」爆發，觸發中日戰爭，不久華北淪陷。當時的國立北京大學、國立清華大學、私立南開大學遂合併為一所大學，先在湖南長沙落址，名為「國立長沙臨時大學」。校務由北大校長蔣夢麟、清華校長梅貽琦、南開校長張伯苓組成的

常務委員會共同管理。一九三八年四月校舍遷至雲南昆明，更名為「國立西南聯合大學」，直至一九四六年五月四日宣佈結束，為期八年。

【文本】

西南聯大中文系的教授有清華的，有北大的。應該也有南開的。但是哪一位教授是南開的，我記不起來了，清華的教授和北大的教授有什麼不同，我實在看不出來。聯大的系主任是輪流做莊。朱自清先生當過一段系主任。擔任系主任時間較長的，是羅常培先生。學生背後都叫他「羅長官」。羅先生赴美講學，聞一多先生代理過一個時期。在他們「當政」期間，中文系還是那個老樣子，他們都沒有一套「施政綱領」。事實上當時的系主任「為官清簡」，近於無為而治。中文系的學風和別的系也差不多：民主、自由、開放。當時沒有「開放」這個詞，但有這個事實。中文系似乎比別的系更自由。工學院的機械製圖總要按期交卷，並且要嚴格評分的；理學院要做實驗，數據不能馬虎。中文系就沒有這一套。記得我在皮名舉先生的「西洋通史」課上交了一張規定的馬其頓國的地圖，皮先生閱後，批了兩行字：「閣下之地圖美術價值甚高，科學價值全無。」似乎這樣也可以了。總而言之，中文系的學生更為隨便，中文系體現的「北大」精神更為充分。

如果説西南聯大中文系有一點什麼「派」，那就只能説是「京派」。西南聯大有一本《大一國文》，是各系共同必修。這本書編得很有傾向性。文言文部分突出地選了《論語》，其中最突出的是《子路曾晢冉有公西華侍坐》。「暮春者，春服既成，冠者五六人，童子

六七人，浴乎沂，風乎舞雩，詠而歸」，這種超功利的生活態度，接近莊子思想的率性自然的儒家思想對聯大學生有相當深廣的潛在影響。還有一篇李清照的《金石錄後序》。一般中學生都讀過一點李清照的詞，不知道她能寫這樣感情深摯、揮灑自如的散文。這篇散文對聯大文風是有影響的。語體文部分，魯迅的選的是《示眾》。選一篇徐志摩的《我所知道的康橋》，是意料中事。選了丁西林的《一隻馬蜂》，就有點特別。更特別的是選了林徽因的《窗子以外》。這一本《大一國文》可以說是一本「京派國文」。嚴家炎先生編中國流派文學史，把我算作最後一個「京派」，這大概跟我讀過聯大有關，甚至是和這本《大一國文》有點關係。這是我走上文學道路的一本啟蒙的書。這本書現在大概是很難找到了。如果找得到，翻印一下，也怪有意思的。

「京派」並沒有人老掛在嘴上。聯大教授的「派性」不強。唐蘭先生講甲骨文，講王觀堂（國維）、董彥堂（董作賓），也講郭鼎堂（沫若），——他講到郭沫若時總是叫他「郭沫（讀如妹）若」。聞一多先生講（寫）過「擂鼓的詩人」，是大家都知道的。

聯大教授講課從來無人干涉，想講什麼就講什麼，想怎麼講就怎麼講。劉文典先生講了一年莊子，我只記住開頭一句：「《莊子》嘿，我是不懂的嘍，也沒有人懂。」他講課是東拉西扯，有時扯到和莊子毫不相干的事。倒是有些罵人的話，留給我的印象頗深。他說有些搞校勘的人，只會說甲本作某，乙本作某，——「到底應該作什麼？」罵有些注釋家，只會說甲如何說，乙如何說：「你怎麼說？」他還批評有些教授，自己拿了一個有注解的本子，發給學生的是白文，「你把注解發給學生！要不，你也拿一本白文！」他的這些意見，我以為是對的。他講了一學期《文選》，只講了半篇木玄虛的《海賦》。好

幾堂課大講「擬聲法」。他在黑板上寫了一個挺長的法國字，舉了好些外國例子。曾見過幾篇老同學的回憶文章，説聞一多先生講楚辭，一開頭總是「痛飲酒熟讀《離騷》，方稱名士」。有人問我，「是不是這樣？」是這樣。他上課，抽煙。上他的課的學生，也抽。他講唐詩，不蹈襲前人一語。講晚唐詩和後期印象派的畫一起講，特別講到「點畫派」。中國用比較文學的方法講唐詩的，聞先生當為第一人。他講《古代神話與傳説》非常「叫座」。上課時連工學院的同學都穿過昆明城，從拓東路趕來聽。那真是「滿坑滿谷」，昆中北院大教室裡裡外外都是人。聞先生把自己在整張毛邊紙上手繪的伏羲女媧圖釘在黑板上，把相當繁瑣的考證，講得有聲有色，非常吸引人。還有一堂「叫座」的課是羅庸（膺中）先生講杜詩。羅先生上課，不帶片紙。不但杜詩能背寫在黑板上，連仇注都背出來。唐蘭（立庵）先生講課是另一種風格。他是教古文字學的，有一年忽然開了一門「詞選」，不知道是沒有人教，還是他自己感興趣。他講「詞選」主要講《花間集》（他自己一度也填詞，極豔）。他講詞的方法是：不講。有時只是用無錫腔調唸（實是吟唱）一遍：「『雙鬢隔香紅，玉釵頭上風』——好！真好！」這首詞就 pass 了。沈從文先生在聯大開過三門課：「各體文習作」、「創作實習」、「中國小説史」，沈先生怎樣教課，我已寫了一篇《沈從文先生在西南聯大》，發表在《人民文學》上，茲不贅。他講創作的精義，只有一句「貼到人物來寫」。聽他的課需要舉一隅而三隅反，否則就會覺得「不知所云」。

聯大教授之間，一般是不互論長短的。你講你的，我講我的。但有時放言月旦，也無所謂。比如唐立庵先生有一次在辦公室當着一些講師助教，就評論過兩位教授，説一個「集穿鑿附會之大成」、一個「集囉唆之大成」。他不考慮有人會去「傳小話」，也沒有考慮這兩位

教授會因此而發脾氣。

西南聯大中文系教授對學生的要求是不嚴格的。除了一些基礎課，如文字學（陳夢家先生授）、聲韻學（羅常培先生授）要按時聽課，其餘的，都較隨便。比較嚴一點的是朱自清先生的「宋詩」。他一首一首地講，要求學生記筆記，背，還要定期考試，小考，大考。有些課，也有考試，考試也就是那麼回事。一般都只是學期終了，交一篇讀書報告。聯大中文系讀書報告不重抄書，而重有無獨創性的見解。有的可以說是怪論。有一個同學交了一篇關於李賀的報告給聞先生，說別人的詩都是在白地子上畫畫，李賀的詩是在黑地子上畫畫，所以顏色特別濃烈，大為聞先生激賞。有一個同學在楊振聲先生教的「漢魏六朝詩選」課上，就「車輪生四角」這樣的合乎情悖乎理的想像寫了一篇很短的報告《方車輪》。就憑這份報告，在期終考試時，楊先生宣佈該生可以免考。

聯大教授大都很愛才。羅常培先生說過，他喜歡兩種學生：一種，刻苦治學；一種，有才。他介紹一個學生到聯大先修班去教書，叫學生拿了他的親筆介紹信去找先修班主任李繼侗先生。介紹信上寫的是「……該生素具創作夙慧。……」一個同學根據另一個同學的一句新詩（題一張抽象派的畫的）「願殿堂毀塌於建成之先」填了一首詞，作為「詩法」課的練習交給王了一先生，王先生的評語是：「自是君身有仙骨，剪裁妙處不須論」。具有「夙慧」，有「仙骨」，這種對於學生過甚其辭的評價，恐怕是不會出之於今天的大學教授的筆下的。

我在西南聯大是一個不用功的學生，常不上課，但是亂七八糟看了不少書。有一個時期每天晚上到系圖書館去看書。有時只我一個人。中文系在新校舍的西北角，牆外是墳地，非常安靜。在系裡看書

不用經過什麼借書手續，架上的書可以隨便抽下一本來看。而且可抽煙。有一天，我聽到牆外有一派細樂的聲音。半夜裡怎麼會有樂聲，在墳地裡？我確實是聽見的，不是錯覺。

我要不是讀了西南聯大，也許不會成為一個作家。至少不會成為一個像現在這樣的作家。我也許會成為一個畫家。如果考不取聯大，我準備考當時也在昆明的國立藝專。

一九八八年

【賞析】

正在讀這本書的你，可能還是一名中學生，你對大學生活有憧憬嗎？你理想中的大學生活又是怎樣的呢？讀到聞一多講課時抽煙，學生也可以抽，是不是覺得很不可思議？讀到唐立庵講「詞選」的方法是「不講」，也就是把詞吟唱一遍，然後說：「好！真好！」就教完了，是不是覺得很神奇？讀到汪曾祺在「西洋通史」課上交的地圖作業評語竟然是：「閣下之地圖美術價值甚高，科學價值全無。」這樣也能過關，是不是覺得老師都挺隨和的？

其實，這些教授都有真功夫，而且愛惜人才、不惜提攜後輩。大家熟悉的聞一多可能是寫新詩的聞一多，他後來轉向研究古典文學。文中提到他講唐詩，「不蹈襲前人一語」，而且還運用類似比較文學的方法來研習唐詩，將晚唐詩與後期印象派畫作比較對讀。在那個時代，這不是非常嶄新的角度嗎？羅庸講杜甫詩，不帶任何筆記，直接在黑板上背寫杜詩，連仇兆鰲的《杜詩詳注》也能背出來，這不是真功夫麼？想想，現在的大學

授課都用電腦，是不是真的進步了呢？西南聯大中文系教授對學生的要求並不嚴格，只有少數課要考試，但也很隨意，一般只要求期末交一篇讀書報告即可。報告重視的是「創見」，文中提到汪曾祺有個同學就「車輪生四角」這句詩寫了一篇很短的報告，就可以免考，現在可能這樣嗎？[1] 教授在給學生寫的介紹信或評語上用到「夙慧」、「仙骨」這樣的溢美之詞，也真是今日難以想像！

汪曾祺滔滔不絕地講述這些點點滴滴的時候，背後是有一種自豪感的。顯然，他非常認同「民主、自由、開放」的學風。他自己當時就不是「用功」的學生，經常逃課。逃課去幹嘛呢？去看書，漫無目的地看書，每天晚上都泡在圖書館裡。「西南聯大」是可一不可再的。或許，動亂的時勢反而給了師生一片自由天地。

這篇文章可以讓我們反思大學教育為何物？大學教育的重點根本不在「教」或「考試」，而在「啟發」。西南聯大默許教學風格迥異的教授用自己的方式去教學，這樣更加得心應手，學生自能從他們身上得到啟發，學到知識。自由的背後其實是自律，一個成熟的人不需要條條框框來約束自己，他心裡自有一把尺，知道該往哪裡走，不畫地為牢更能啟發人的潛力。《大一國文》有點像現在的通識課，通過閱讀經典來塑造學生審美的心靈。汪曾祺就說自己做了作家，而且是個「京派」作家，與這本書密不可分。

【注釋】

〔1〕 「這位同學」據說就是汪曾祺自己。

跑警報

【 題解 】

〈 跑警報 〉是汪曾祺書寫西南聯大生活的另一個名篇，講述當時人們躲避日本敵機轟炸的故事。文中簡介警報的種類、逃跑路線、躲避轟炸的地點，以及跑警報時各式有趣人物。然而，這一切的描述都與我們對於戰爭的想像相去甚遠，處處流露文人雅趣，幽默感十足，堪稱一篇奇文。

【 文本 】

西南聯大有一位歷史系的教授，——聽說是雷海宗先生，他開的一門課因為講授多年，已經背得很熟，上課前無需準備；下課了，講到哪裡算哪裡，他自己也不記得。每回上課，都要先問學生：「我上次講到哪裡了？」然後就滔滔不絕地接着講下去。班上有個女同學，筆記記得最詳細，一句話不落，雷先生有一次問她：「我上一課最後

説的是什麼？」這位女同學打開筆記來，看了看，説：「你上次最後說：『現在已經有空襲警報，我們下課。』」

這個故事説明昆明警報之多。我剛到昆明的頭二年，一九三九、一九四〇年，三天兩頭有警報。有時每天都有，甚至一天有兩次。昆明那時幾乎説不上有空防力量，日本飛機想什麼時候來就來。有時竟至在頭一天廣播：明天將有二十七架飛機來昆明轟炸。日本的空軍指揮部還真言而有信，説來準來！

一有警報，別無他法，大家就都往郊外跑，叫做「跑警報」。「跑」和「警報」聯在一起，構成一個語詞，細想一下，是有些奇特的，因為所跑的並不是警報。這不像「跑馬」、「跑生意」那樣通順。但是大家就這麼叫了，誰都懂，而且覺得很合適。也有叫「逃警報」或「躲警報」的，都不如「跑警報」準確。「躲」，太消極；「逃」又太狼狽。唯有這個「跑」字於緊張中透出從容，最有風度，也最能表達豐富生動的內容。

有一個姓馬的同學最善於跑警報。他早起看天，只要是萬里無雲，不管有無警報，他就背了一壺水，帶點吃的，夾着一卷溫飛卿或李商隱的詩，向郊外走去。直到太陽偏西，估計日本飛機不會來了，才慢慢地回來。這樣的人不多。

警報有三種。如果在四十多年前向人介紹警報有幾種，會被認為有「神經病」，這是誰都知道的。然而對今天的青年，卻是一項新的課題。一曰「預行警報」。

聯大有一個姓侯的同學，原系航校學生，因為反應遲鈍，被淘汰下來，讀了聯大的哲學心理系。此人對於航空舊情不忘，曾用黃色的「標語紙」貼出巨幅「廣告」，舉行學術報告，題曰《防空常識》。他不知道為什麼對「警報」特別敏感。他正在聽課，忽然跑了出去，站

在「新校舍」的南北通道上，扯起嗓子大聲喊叫：「現在有預行警報，五華山掛了三個紅球！」可不！抬頭望南一看，五華山果然掛起了三個很大的紅球。五華山是昆明的制高點，紅球掛出，全市皆見。我們一直很奇怪：他在教室裡，正在聽講，怎麼會「感覺」到五華山掛了紅球呢？——教室的門窗並不都正對五華山。

一有預行警報，市裡的人就開始向郊外移動。住在翠湖迤北的，多半出北門或大西門，出大西門的似尤多。大西門外，越過聯大新校門前的公路，有一條由南向北的用渾圓的石塊鋪成的寬可五六尺的小路。這條路據說是驛道，一直可以通到滇西。路在山溝裡。平常走的人不多。常見的是馱着鹽巴、碗糖或其他貨物的馬幫走過。趕馬的馬鍋頭側身坐在木鞍上，從齒縫裡嘶嘶地吹出口哨（馬鍋頭吹口哨都是這種吹法，沒有撮唇而吹的），或低聲唱着呈貢「調子」：

> 哥那個在至高山那個放呀放放牛，
> 妹那個在至花園那個梳那個梳梳頭。
> 哥那個在至高山那個招呀招招手，
> 妹那個在至花園點那個點點頭。

這些走長道的馬鍋頭有他們的特殊裝束。他們的短褂外都套了一件白色的羊皮背心，腦後掛着漆布的涼帽，腳下是一雙厚牛皮底的草鞋狀的涼鞋，鞋幫上大都繡了花，還釘着亮晶晶的「鬼眨眼」亮片。——這種鞋似只有馬鍋頭穿，我沒見從事別種行業的人穿過。馬鍋頭押着馬幫，從這條斜陽古道上走過，馬項鈴嘩棱嘩棱地響，很有點浪漫主義的味道，有時會引起遠客的遊子一點淡淡的鄉愁……

有了預行警報，這條古驛道就熱鬧起來了。從不同方向來的人

都湧向這裡，形成了一條人河。走出一截，離市較遠了，就分散到古道兩旁的山野，各自尋找一個合適的地方呆下來，心平氣和地等着，──等空襲警報。

聯大的學生見到預行警報，一般是不跑的，都要等聽到空襲警報：汽笛聲一短一長，才動身。新校舍北邊圍牆上有一個後門，出了門，過鐵道（這條鐵道不知起訖地點，從來也沒見有火車通過），就是山野了。要走，完全來得及。──所以雷先生才會說：「現在已經有空襲警報」。只有預行警報，聯大師生一般都是照常上課的。

跑警報大都沒有準地點，漫山遍野。但人也有習慣性，跑慣了哪裡，願意上哪裡。大多是找一個墳頭，這樣可以靠靠。昆明的墳多有碑，碑上除了刻下墳主的名諱，還刻出「×山×向」，並開出墳塋的「四至」。這風俗我在別處還未見過。這大概也是一種古風。

說是漫山遍野，但也有幾個比較集中的「點」。古驛道的一側，靠近語言研究所資料館不遠，有一片馬尾松林，就是一個點。這地方除了離學校近，有一片碧綠的馬尾松，樹下一層厚厚的乾了的松毛，很軟和，空氣好，──馬尾松揮發出很重的松脂氣味，曬着從松枝間漏下的陽光，或仰面看松樹上面藍得要滴下來的天空，都極舒適外，是因為這裡還可以買到各種零吃。昆明做小買賣的，有了警報，就把擔子挑到郊外來了。五味俱全，什麼都有。最常見的是「丁丁糖」。「丁丁糖」即麥芽糖，也就是北京人祭灶用的關東糖，不過做成一個直徑一尺多，厚可一寸許的大糖餅，放在四方的木盤上，有人掏錢要買，糖販即用一個刨刀形的鐵片楔入糖邊，然後用一個小小的鐵錘，一擊鐵片，丁的一聲，一塊糖就震裂下來了，──所以叫做「丁丁糖」。其次是炒松子。昆明松子極多，個大皮薄仁飽，很香，也很便宜。我們有時能在松樹下面撿到一個很大的成熟了的生的松球，就掰

開鱗瓣，一顆一顆地吃起來。——那時候，我們的牙都很好，那麼硬的松子殼，一嗑就開了！

另一集中點比較遠，得沿古驛道走出四五里，驛道右側較高的土山上有一橫斷的山溝（大概是哪一年地震造成的），溝深約三丈，溝口有二丈多寬，溝底也寬有六七尺。這是一個很好的天然防空溝，日本飛機若是投彈，只要不是直接命中，落在溝裡，即便是在溝頂上爆炸，彈片也不易蹦進來。機槍掃射也不要緊，溝的兩壁是死角。這道溝可以容數百人。有人常到這裡，就利用閒空，在溝壁上修了一些私人專用的防空洞，大小不等，形式不一。這些防空洞不僅表面光潔，有的還用碎石子或碎瓷片嵌出圖案，綴成對聯。對聯大都有新意。我至今記得兩副，一副是：

　　　人生幾何
　　　戀愛三角

一副是：

　　　見機而作
　　　入土為安

對聯的嵌綴者的閒情逸致是很可叫人佩服的。前一副也許是有感而發，後一副卻是記實。

警報有三種。預行警報大概是表示日本飛機已經起飛。拉空襲警報大概是表示日本飛機進入雲南省境了，但是進雲南省不一定到昆明來。等到汽笛拉了緊急警報：連續短音，這才可以肯定是朝昆明來

的。空襲警報到緊急警報之間，有時要間隔很長時間，所以到了這裡的人都不忙下溝，——溝裡沒有太陽，而且過早地像雲崗石佛似的坐在洞裡也很無聊，——大都先在溝上看書、閒聊、打橋牌。很多人聽到緊急警報還不動，因為緊急警報後日本飛機也不定準來，常常是折飛到別處去了。要一直等到看見飛機的影子了，這才一骨碌站起來，下溝，進洞。聯大的學生，以及住在昆明的人，對跑警報太有經驗了，從來不倉皇失措。

上舉的前一幅對聯或許是一種泛泛的感慨，但也是有現實意義的。跑警報是談戀愛的機會。聯大同學跑警報時，成雙作對的很多。空襲警報一響，男的就在新校舍的路邊等着，有時還提着一袋點心吃食，寶珠梨、花生米……他等的女同學來了，「嗨！」於是欣然並肩走出新校舍的後門。跑警報說不上是同生死，共患難，但隱隱約約有那麼一點危險感，和看電影、遛翠湖時不同。這一點危險使兩方的關係更加親近了。女同學樂於有人伺候，男同學也正好殷勤照顧，表現一點騎士風度。正如孫悟空在高老莊所說：「一來醫得眼好，二來又照顧了郎中，這是湊四合六的買賣。」從這點來說，跑警報是頗為羅曼蒂克的。有戀愛，就有三角，有失戀。跑警報的「對兒」並非總是固定的，有時一方被另一方「甩」了，兩人「吹」了，「對兒」就要重新組合。寫（姑且叫做「寫」吧）那副對聯的，大概就是一位被「甩」的男同學。不過，也不一定。

警報時間有時很長，長達兩三個小時，也很「膩歪」。緊急警報後，日本飛機轟炸已畢，人們就輕鬆下來。不一會，「解除警報」響了：汽笛拉長音，大家就起身拍拍塵土，絡繹不絕地返回市裡。也有時不等解除警報，很多人就往回走：天上起了烏雲，要下雨了。一下雨，日本飛機不會來。在野地裡被雨淋濕，可不是事！一有雨，我們

有一個同學一定是一馬當先往回奔，就是前面所說那位報告預行警報的姓侯的。他奔回新校舍，到各個宿舍搜羅了很多雨傘，放在新校舍的後門外，見有女同學來，就遞過一把。他怕這些女同學挨淋。這位侯同學長得五大三粗，卻有一副賈寶玉的心腸。大概是上了吳雨僧先生的《紅樓夢》的課，受了影響。侯兄送傘，已成定例。警報下雨，一次不落。名聞全校，貴在有恆。——這些傘，等雨住後他還會到南院女生宿舍去斂回來，再歸還原主的。

跑警報，大都要把一點值錢的東西帶在身邊。最方便的是金子，——金戒指。有一位哲學系的研究生曾經作了這樣的邏輯推理：有人帶金子，必有人會丟掉金子，有人丟金子，就會有人撿到金子，我是人，故我可以撿到金子。因此，跑警報時，特別是解除警報以後，他每次都很留心地巡視路面。他當真兩次撿到過金戒指！邏輯推理有此妙用，大概是教邏輯學的金岳霖先生所未料到的。

聯大師生跑警報時沒有什麼可帶，因為身無長物，一般大都是帶兩本書或一冊論文的草稿。有一位研究印度哲學的金先生每次跑警報總要提了一隻很小的手提箱。箱子裡不是什麼別的東西，是一個女朋友寫給他的信 —— 情書。他把這些情書視如性命，有時也會拿出一兩封來給別人看。沒有什麼不能看的，因為沒有卿卿我我的肉麻的話，只是一個聰明女人對生活的感受，文字很俏皮，充滿了英國式的機智，是一些很漂亮的 essay，字也很秀氣。這些信實在是可以拿來出版的。金先生辛辛苦苦地保存了多年，現在大概也不知去向了，可惜。我看過這個女人的照片，人長得就像她寫的那些信。

聯大同學也有不跑警報的，據我所知，就有兩人。一個是女同學，姓羅，一有警報，她就洗頭。別人都走了，鍋爐房的熱水沒人用，她可以敞開來洗，要多少水有多少水！另一個是一位廣東同學，

姓鄭。他愛吃蓮子。一有警報，他就用一個大漱口缸到鍋爐火口上去煮蓮子。警報解除了，他的蓮子也爛了。有一次日本飛機炸了聯大，昆中北院、南院，都落了炸彈，這位老兄聽着炸彈乒乒乓乓在不遠的地方爆炸，依然在新校舍大圖書館旁的鍋爐上神色不動地攪和他的冰糖蓮子。

抗戰期間，昆明有過多少次警報，日本飛機來過多少次，無法統計。自然也死了一些人，毀了一些房屋。就我的記憶，大東門外，有一次日本飛機機槍掃射，田地裏死的人較多。大西門外小樹林裏曾炸死了好幾匹馱木柴的馬。此外似無較大傷亡。警報、轟炸，並沒有使人產生血肉橫飛，一片焦土的印象。

日本人派飛機來轟炸昆明，其實沒有什麼實際的軍事意義，用意不過是嚇唬嚇唬昆明人，施加威脅，使人產生恐懼。他們不知道中國人的心理是有很大的彈性的，不那麼容易被嚇得魂不附體。我們這個民族，長期以來，生於憂患，已經很「皮實」了，對於任何猝然而來的災難，都用一種「儒道互補」的精神對待之。這種「儒道互補」的真髓，即「不在乎」。這種「不在乎」精神，是永遠征不服的。

為了反映「不在乎」，作〈跑警報〉。

一九八四年十二月六日

載一九八五年第三期《滇池》

【賞析】

〈跑警報〉是一篇奇文，顛覆了我們對於戰爭的想像。一九三七至

一九四五年是抗戰八年，期間日本飛機不時空襲中國各個城市，昆明也不例外。汪曾祺就讀西南聯大時，親身經歷了這樣的場面。我們沒有經歷過戰爭，對戰爭的認識可能來自書本和電影。在電影裡，經常看到人們聽到警報聲或者轟轟的飛機聲，便慌忙逃跑，躲進防空洞，或者迎來一幕幕血肉橫飛、硝煙彌漫的畫面。可是，這篇文章沒有營造恐懼感，更沒有血腥場面，而是以幽默的語氣解釋「跑警報」的各種典故，描寫跑警報時從容不迫的同學，以及等待轟炸期間的閒情逸致。

文章開篇就有奇思，寫一個記筆記特別詳細的女同學，居然把教授說「空襲警報，我們下課」的話也記下來。然後就是各式人物輪流出場：馬姓同學看天氣好，就背上一壺水，帶點兒吃的，夾着溫庭筠或李商隱的詩走向郊外；對警報特別敏感的侯姓同學坐在教室裡，也能感應到警報的到來，下雨時還給女同學送傘；跑警報成了談戀愛的機會，男生捎來花生米、寶珠梨在校舍外等女朋友一起逃跑，這點危險反使雙方關係更加親近；哲學系的一位研究生通過自己的邏輯推理在逃跑的路上撿到金戒指；還有提着一箱子情書跑警報的金先生……更奇特的是居然有人不跑警報：一位羅姓的女同學就利用這個機會舒舒服服地洗頭，想用多少熱水都行；鄭姓的廣東同學則趁着宿舍沒人煮蓮子，炸彈在不遠處乒乒乓乓地響，他卻神色不動地攪和他的冰糖蓮子，聽說這一段情節被拍進電影《無問西東》。

這些西南聯大的師生跑到郊外後，先是「尋找一個合適的地方呆下來，心平氣和地等着」，或者「找一個墳頭，這樣可以靠靠」。然後，城裡做小買賣的把擔子挑到郊外來，大家搶着買丁丁糖、炒松子……好不熱鬧。躲在山溝裡的人呢，就利用閒空修了一些私人專用的防空洞。「這些防空洞不僅表面光潔，有的還用碎石子或碎瓷片嵌出圖案，綴成對聯。」山溝上的人則在看書、閒聊、打橋牌。

這是真的嗎？同學會不會發出這樣的疑惑呢？這可是生命攸關的危險時刻啊！汪曾祺這位敘述者也是跑警報的其中一員，他在幹嘛呢？他在古驛道上看馬幫，聽馬鍋頭低聲唱山歌，看他們特殊的裝束，並且引起他這位遠方的遊子淡淡的鄉愁；他在研究墳碑上的文字與作法；他在聞馬尾松發出的松脂氣味，曬着松枝間漏下的陽光；他在吃炒松子，想着丁丁糖為什麼叫「丁丁糖」……

　　是的，當時的情況確實是這樣，只要多看幾篇當時人寫的文章，諸如施蟄存的〈跑警報〉（一九三九）、費孝通的〈疏散——教授生活之一章〉（一九四〇），就會明白中國人如何「皮實」，如何「不在乎」。你可以說他們麻木，但這何嘗不是一種智慧和勇氣呢？

泡茶館

　　此篇是這本選集裡最後一篇關於西南聯大的篇章。前兩篇分別講了西南聯大中文系和跑警報的情況，這篇則講聯大學生的日常生活。原來除了上課，學生大部分時間都在「泡茶館」，乍聽之下以為學生不務正業、游手好閒，直到文末才知道學生泡茶館其實是因為物質條件太匱乏，連安身之所都沒有，茶館遂成了家、書齋。他們在這裡聯誼、看書、寫報告、答考卷，養其浩然之氣。

【 文 本 】

　　「泡茶館」是聯大學生特有的語言。本地原來似無此說法，本地人只說「坐茶館」。「泡」是北京話。其含義很難準確地解釋清楚。勉強解釋，只能說是持續長久地沉浸其中，像泡泡菜似的泡在裡面。

「泡蘑菇」、「窮泡」，都有長久的意思。北京的學生把北京的「泡」字帶到了昆明，和現實生活結合起來，便創造出一個新的語彙。「泡茶館」，即長時間地在茶館裡坐着。本地的「坐茶館」也含有時間較長的意思。到茶館裡去，首先是坐，其次才是喝茶（雲南叫吃茶）。不過聯大的學生在茶館裡坐的時間往往比本地人長，長得多，故謂之「泡」。

有一個姓陸的同學，是一怪人，曾經騎自行車旅行半個中國。這人真是一個泡茶館的冠軍。他有一個時期，整天在一家熟悉的茶館裡泡着。他的盥洗用具就放在這家茶館裡。一起來就到茶館裡去洗臉刷牙，然後坐下來，泡一碗茶，吃兩個燒餅，看書。一直到中午，起身出去吃午飯。吃了飯，又是一碗茶，直到吃晚飯。晚飯後，又是一碗，直到街上燈火闌珊，才挾着一本很厚的書回宿舍睡覺。

昆明的茶館共分幾類，我不知道。大別起來，只能分為兩類，一類是大茶館，一類是小茶館。

正義路原先有一家很大的茶館，樓上樓下，有幾十張桌子。都是荸薺紫漆的八仙桌，很鮮亮。因為在熱鬧地區，坐客常滿，人聲嘈雜。所有的柱子上都貼着一張很醒目的字條：「莫談國事」。時常進來一個看相的術士，一手捧一個六寸來高的硬紙片，上書該術士的大名（只能叫做大名，因為往往不帶姓，不能叫「姓名」；又不能叫「法名」、「藝名」，因為他並未出家，也不唱戲），一隻手捏着一根紙媒子，在茶桌間繞來繞去，嘴裡唸說着「送看手相不要錢！」「送看手相不要錢！」——他手裡這根媒子即是看手相時用來指示手紋的。

這種大茶館有時唱圍鼓。圍鼓即由演員或票友清唱。我很喜歡「圍鼓」這個詞。唱圍鼓的演員、票友好像不是取報酬的。只是一群有同好的閒人聚攏來唱着玩。但茶館卻可借來招攬顧客，所以茶館便

於鬧市張貼告條：「某月日圍鼓」。到這樣的茶館裡來一邊聽圍鼓，一邊吃茶，也就叫做「吃圍鼓茶」。「圍鼓」這個詞大概是從四川來的，但昆明的圍鼓似多唱滇劇。我在昆明七年，對滇劇始終沒有入門。只記得不知什麼戲裡有一句唱詞「孤王頭上長青苔」。孤王的頭上如何會長青苔呢？這個設想實在是奇，因此一聽就永不能忘。

我要說的不是那種「大茶館」。這類大茶館我很少涉足，而且有些大茶館，包括正義路那家興隆鼎盛的大茶館，後來大都陸續停閉了。我所說的是聯大附近的茶館。

從西南聯大新校舍出來，有兩條街，鳳翥街和文林街，都不長。這兩條街上至少有不下十家茶館。

從聯大新校舍，往東，折向南，進一座磚砌的小牌樓式的街門，便是鳳翥街。街夾右手第一家便是一家茶館。這是一家小茶館，只有三張茶桌，而且大小不等，形狀不一的茶具也是比較粗糙的，隨意畫了幾筆藍花的蓋碗。除了賣茶，簷下掛着大串大串的草鞋和地瓜（即湖南人所謂的涼薯），這也是賣的。張羅茶座的是一個女人。這女人長得很強壯，皮色也頗白淨。她生了好些孩子。身邊常有兩個孩子圍着她轉，手裡還抱着一個孩子。她經常敞着懷，一邊奶着那個早該斷奶的孩子，一邊為客人沖茶。她的丈夫，比她大得多，狀如猿猴，而目光銳利如鷹。他什麼事情也不管，但是每天下午卻捧了一個大碗喝牛奶。這個男人是一頭種畜。這情況使我們頗為不解。這個白皙強壯的婦人，只憑一天賣幾碗茶，賣一點草鞋、地瓜，怎麼能餵飽了這麼多張嘴，還能供應一個懶惰的丈夫每天喝牛奶呢？怪事！中國的婦女似乎有一種天授的驚人的耐力，多大的負擔也壓不垮。

由這家往前走幾步，斜對面，曾經開過一家專門招徠大學生的新式茶館。這家茶館的桌椅都是新打的，塗了黑漆。堂倌繫着白圍裙。

賣茶用細白瓷壺，不用蓋碗（昆明茶館賣茶一般都用蓋碗）。除了清茶，還賣沱茶、香片、龍井。本地茶客從門外過，伸頭看看這茶館的局面，再看看裡面坐得滿滿的大學生，就會挪步另走一家了。這家茶館沒有什麼值得一記的事，而且開了不久就關了。聯大學生至今還記得這家茶館是因為隔壁有一家賣花生米的。這家似乎沒有男人，站櫃賣貨是姑嫂兩人，都還年輕，成天塗脂抹粉。尤其是那個小姑子，見人走過，輒作媚笑。聯大學生叫她花生西施。這西施賣花生米是看人行事的。好看的來買，就給得多。難看的給得少。因此我們每次買花生米都推選一個挺拔英俊的「小生」去。

再往前幾步，路東，是一個紹興人開的茶館。這位紹興老闆不知怎麼會跑到昆明來，又不知為什麼在這條小小的鳳翥街上來開一爿茶館。他至今鄉音未改。大概他有一種獨在異鄉為異客的情緒，所以對待從外地來的聯大學生異常親熱。他這茶館裡除了賣清茶，還賣一點芙蓉糕、薩其瑪、月餅、桃酥，都裝在一個玻璃匣子裡。我們有時覺得肚子裡有點缺空而又不到吃飯的時候，便到他這裡一邊喝茶一邊吃兩塊點心。有一個善於吹口琴的姓王的同學經常在紹興人茶館喝茶。他喝茶，可以欠賬。不但喝茶可以欠賬，我們有時想看電影而沒有錢，就由這位口琴專家出面向紹興老闆借一點。紹興老闆每次都是欣然地打開錢櫃，拿出我們需要的數目。我們於是歡欣鼓舞，興高采烈，邁開大步，直奔南屏電影院。

再往前，走過十來家店鋪，便是鳳翥街口，路東路西各有一家茶館。

路東一家較小，很乾淨，茶桌不多。掌櫃的是個瘦瘦的男人，有幾個孩子。掌櫃的事情多，為客人沖茶續水，大都由一個十三四歲的大兒子擔任，我們稱他這個兒子為「主任兒子」。街西那家又髒

又亂，地面坑窪不平，一地的煙頭、火柴棍、瓜子皮。茶桌也是七大八小，搖搖晃晃，但是生意卻特別好。從早到晚，人坐得滿滿的。也許是因為風水好。這家茶館正在鳳翥街和龍翔街交接處，門面一邊對着鳳翥街，一邊對着龍翔街，坐在茶館，兩條街上的熱鬧都看得見。到這家吃茶的全部是本地人，本街的閒人、趕馬的「馬鍋頭」、賣柴的、賣菜的。他們都抽葉子煙。要了茶以後，便從懷裡掏出一個煙盒——圓形，皮製的，外面塗着一層黑漆，打開來，揭開覆蓋着的菜葉，拿出剪好的金堂葉子，一枝一枝地捲起來。茶館的牆壁上張貼、塗抹得亂七八糟。但我卻於西牆上發現了一首詩，一首真正的詩：

> 記得舊時好，
> 跟隨爹爹去吃茶。
> 門前磨螺殼，
> 巷口弄泥沙。

是用墨筆題寫在牆上的。這使我大為驚異了。這是什麼人寫的呢？

每天下午，有一個盲人到這家茶館來說唱。他打着揚琴，說唱着。照現在的說法，這應是一種曲藝，但這種曲藝該叫什麼名稱，我一直沒有打聽着。我問過「主任兒子」，他說是「唱揚琴的」，我想不是。他唱的是什麼？我有一次特意站下來聽了一會兒，是：

> ……
> 良田美地賣了，

高樓大廈拆了，

嬌妻美妾跑了，

狐皮袍子當了……

　　我想了想，哦，這是一首勸戒鴉片的歌，他這唱的是鴉片煙之為害。這是什麼時候傳下來的呢？說不定是林則徐時代某一憂國之士的作品。但是這個盲人只管唱他的，茶客們似乎都沒有在聽，他們仍然在說話，各人想自己的心事。到了天黑，這個盲人背着揚琴，點着馬桿，踽踽地走回家去。我常常想：他今天能吃飽麼？

　　進大西門，是文林街，挨着城門口就是一家茶館。這是一家最無趣味的茶館。茶館牆上的鏡框裡裝的是美國電影明星的照片，蓓蒂·黛維絲、奧麗薇·德·哈弗蘭、克拉克·蓋博、泰倫寶華……除了賣茶，還賣咖啡、可可。這家的特點是：進進出出的除了穿西服和麂皮夾克的比較有錢的男同學外，還有把頭髮捲成一根一根香腸似的女同學。有時到了星期六，還開舞會。茶館的門關了，從裡面傳出《藍色的多瑙河》和《風流寡婦》舞曲，裡面正在「嘣嚓嚓」。

　　和這家斜對着的一家，跟這家截然不同。這家茶館除賣茶，還賣煎血腸。這種血腸是犛牛腸子灌的，煎起來一街都聞見一種極其強烈的氣味，說不清是異香還是奇臭。這種西藏食品，那些把頭髮捲成香腸一樣的女同學是絕對不敢問津的。

　　由這兩家茶館往東，不遠幾步，面南便可折向錢局街。街上有一家老式的茶館，樓上樓下，茶座不少。說這家茶館是「老式」的，是因為茶館備有煙筒，可以租用。一段青竹，旁安一個粗如小指半尺長的竹管，一頭裝一個帶爪的蓮蓬嘴，這便是「煙筒」。在蓮蓬嘴裡裝了煙絲，點以紙媒，把整個嘴埋在筒口內，盡力猛吸，筒內的水咚咚

作響，濃煙便直灌肺腑，頓時覺得渾身通泰。吸煙筒要有點功夫，不會吸的吸不出煙來。茶館的煙筒比家用的粗得多，高齊桌面，吸完就靠在桌腿邊，吸時尤需底氣充足。這家茶館門前，有一個小攤，賣酸角（不知什麼樹上結的，形狀有點像皂莢，極酸，入口使人攢眉）、拐棗（也是樹上結的，應該算是果子，狀如雞爪，一疙瘩一疙瘩的，有的地方即叫做雞腳爪，味道很怪，像紅糖，又有點像甘草）和泡梨（糖梨泡在鹽水裡，梨味本是酸甜的，昆明人卻偏於鹽水內泡而食之。泡梨仍有梨香，而梨肉極脆嫩）。過了春節則有人於門前賣葛根。葛根是藥，我過去只在中藥鋪見過，切成四方的棋子塊兒，是已經經過加工的了，原物是什麼樣子，我是在昆明才見到的。這種東西可以當零食來吃，我也是在昆明才知道。一截葛根，粗如手臂，橫放在一塊板上，外包一塊濕布。給很少的錢，賣葛根的便操起有點像北京切涮羊肉的肉片用的那種薄刃長刀，切下薄薄的幾片給你。雪白的。嚼起來有點像乾瓢的生白薯片，而有極重的藥味。據說葛根能清火。聯大的同學大概很少人吃過葛根。我是什麼奇奇怪怪的東西都要買一點嚐一嚐的。

　　大學二年級那一年，我和兩個外文系的同學經常一早就坐在這家茶館靠窗的一張桌邊，各自看自己的書，有時整整坐一上午，彼此不交語。我這時才開始寫作，我的最初幾篇小說，即是在這家茶館裡寫的。茶館離翠湖很近，從翠湖吹來的風裡，時時帶有水浮蓮的氣味。

　　回到文林街。文林街中，正對府甬道，後來新開了一家茶館。這家茶館的特點一是賣茶用玻璃杯，不用蓋碗，也不用壺。不賣清茶，賣綠茶和紅茶。紅茶色如玫瑰，綠茶苦如豬膽。第二是茶桌較少，且覆有玻璃桌面。在這樣桌子上打橋牌實在是再適合不過了，因此到這家茶館來喝茶的，大都是來打橋牌的，這茶館實在是一個橋牌俱樂

部。聯大打橋牌之風很盛。有一個姓馬的同學每天到這裡打橋牌。解放後，我才知道他是老地下黨員，昆明學生運動的領導人之一。學生運動搞得那樣熱火朝天，他每天都只是很閒在，很熱衷地在打橋牌，誰也看不出他和學生運動有什麼關係。

　　文林街的東頭，有一家茶館，是一個廣東人開的，字號就叫「廣發茶社」——昆明的茶館我記得字號的只有這一家，原因之一，是我後來住在民強巷，離廣發很近，經常到這家去。原因之二是——經常聚在這家茶館裡的，有幾個助教、研究生和高年級的學生。這些人多多少少有一點玩世不恭。那時聯大同學常組織什麼學會，我們對這些儼乎其然的學會微存嘲諷之意。有一天，廣發的茶友之一說：「咱們這也是一個學會，——廣發學會！」這本是一句茶餘的笑話。不料廣發的茶友之一，解放後，在一次運動中被整得不可開交，胡亂交代問題，說他曾參加過「廣發學會」。這就惹下了麻煩。幾次有人專程到北京來外調「廣發學會」問題。被調查的人心裡想笑，又笑不出來，因為來外調的政工人員態度非常嚴肅。廣發茶館代賣廣東點心。所謂廣東點心，其實只是包了不同味道的甜餡的小小的酥餅，面上卻一律貼了幾片香菜葉子，這大概是這一家餅師的特有的手藝。我在別處吃過廣東點心，就沒有見過面上貼有香菜葉子的——至少不是每一塊都貼。

　　或問：泡茶館對聯大學生有些什麼影響？答曰：第一，可以養其浩然之氣。聯大的學生自然也是賢愚不等，但多數是比較正派的。那是一個污濁而混亂的時代，學生生活又窮困得近乎潦倒，但是很多人卻能自許清高，鄙視庸俗，並能保持綠意葱蘢的幽默感，用來對付惡濁和窮困，並不頹喪灰心，這跟泡茶館是有些關係的。第二，茶館出人才。聯大學生上茶館，並不是窮泡，除了瞎聊，大部分時間都是用

來讀書的。聯大圖書館座位不多，宿舍裡沒有桌凳，看書多半在茶館裡。聯大同學上茶館很少不挾着一本乃至幾本書的。不少人的論文、讀書報告，都是在茶館寫的。有一年一位姓石的講師的《哲學概論》期終考試，我就是把考卷拿到茶館裡去答好了再交上去的。聯大八年，出了很多人才。研究聯大校史，搞「人才學」，不能不了解了解聯大附近的茶館。第三，泡茶館可以接觸社會。我對各種各樣的人、各種各樣的生活都發生興趣，都想了解了解，跟泡茶館有一定關係。如果我現在還算一個寫小說的人，那麼我這個小說家是在昆明的茶館裡泡出來的。

一九八四年五月十三日

載一九八四年第九期《滇池》

【 賞析 】

讀完此篇，不禁驚歎汪曾祺記性真好！此文寫於一九八四年，記的是四十多年前的生活，作家卻能如數家珍般描寫昆明大大小小的茶館。略述何謂「大茶館」後就直奔主題，前後寫了十家小茶館。如果你見過汪曾祺年輕時候的照片，你會看見一個長得黝黑、聰明慧黠的小伙子穿越在這些小茶館裡。他就像一位導遊，領着讀者從鳳翥街出發，再拐進文林街，給我們介紹各式各樣的小茶館。從茶館的老闆、堂倌（服務員）、顧客，到裝潢擺設、茶具款式、茶及小吃的種類，以至茶館門外的小買賣，都一一講給我們聽。然後，擷取跟這些茶館相關的最有代表性或最有趣味的軼事，跟你細訴一番。

雖然時代已遠，雖然不能親臨其境，我們還是看見了，並且與他一起重溫了這段自由不羈、快樂無比的歲月。「年輕」是相似的，同學讀到他們推選挺拔英俊的同學去向「花生西施」買花生米，有沒有會心微笑？讀到他們想看電影沒錢，就讓口琴專家出面向紹興老闆借錢，有沒有覺得似曾相識？讀到他譏諷富貴的女同學把頭髮捲成一根一根香腸，有沒有覺得很痛快？（此處頗有幾分錢鍾書的譏諷味道）

看到汪曾祺不厭其煩「研究」葛根，還買來試試，又說自己什麼奇奇怪怪的東西都要買一點嚐嚐。我心裡說：「我也是。」當他驚歎茶館牆上留下的短詩：「記得舊時好，跟隨爹爹去吃茶。門前磨螺殼，巷口弄泥沙。」[1]我也在心裡叫好。讀到汪曾祺看着說唱的盲人踽踽遠去的背影，想着：「他今天能吃飽麼？」我很感動。或許，喜歡寫作的人對生活都比較敏感。讀這篇文章可以知道一位作家是如何形成的，更準確地說，一位愛好民俗文化的人道主義作家是如何形成的？記性好固然重要，但還得有觀察力，有同情心，並對生活充滿好奇之心。

同時，我們要注意文章表面寫得很輕快，底子卻有幾分辛酸。為什麼學生老泡茶館？文末輕描淡寫：「聯大圖書館座位不多，宿舍裡沒有桌凳，看書多半在茶館裡。」原來是這樣，宿舍居然沒有桌凳！難怪有陸同學這樣的怪人，把茶館當作家，在茶館裡刷牙洗臉。同是西南聯大畢業的何兆武對此有所補充：

> 西南聯大時候，吃也差、穿也差、住也差。一間茅草棚，上、下通鋪住四十人，頗有點類似我們七十年代五七幹校的宿舍。由於生活不安定，有的人休學，個別有點錢的在外邊自己租間小房子住。還有的根本就在外邊工作，比如在外縣教書，到考試的時候才回來。宿舍裡往往住不滿，但也有二三十人，很擠。

我同宿舍裡有一位，那是後來有了名的作家，叫汪曾祺。他和我同級，年紀差不多，當時都十八九歲，只能算是小青年。可那時候他頭髮留得很長，穿一件破舊的藍布長衫，扣子只扣兩個，趿拉着一雙布鞋不提後跟，經常說笑話，還抽菸，很頹廢的那種樣子，完全是中國舊知識份子的派頭。……[2]

汪老在同學眼裡竟是這樣破破爛爛、頹廢不振的樣子。然而，我們讀這篇文章，完全沒有齷齪之感，可見他果然一身「浩然之氣」。汪曾祺在茶館裡看書、寫小說，終成知名作家。難怪他說：「如果我現在還算一個寫小說的人，那麼我這個小說家是在昆明的茶館裡泡出來的。」

【注釋】

[1]　　這首詩其實並非茶客原創，而是出於明代大儒陳獻章（一四二八至一五〇〇）《記得舊時好》第一節，原詩為：「記得舊時好，跟隨阿娘去吃茶。門前磨螺殼，巷口弄泥沙。而今人長大，心事亂如麻。」
[2]　　何兆武：〈西南聯大為什麼能成為世界一流？兩個字：自由〉，載《近現代史研究通訊》，二〇一八年二月十日。

五味

【題解】

汪曾祺寫過不少談吃的文章，甚至考察蔬菜的源流，所以贏得一個他自己不怎麼喜歡的「美食家」的稱號。但他所好的不過是蘿蔔、豆腐、苦瓜、鹹菜這樣的家常便菜，寫吃又不單單是寫吃，文字之間還有故事、感受、譏諷，以至於人生哲理，所以汪老的本行還是作家。這篇〈五味〉是汪曾祺談吃散文的代表作，短短一千多字，寫盡中國各地口味之雜，語言質樸細膩，處處流露作者對生活的熱愛。

【文本】

山西人真能吃醋！幾個山西人在北京下飯館，坐定之後，還沒有點菜，先把醋瓶子拿過來，每人喝了三調羹醋。鄰坐的客人直瞪眼。有一年我到太原去，快過春節了。別處過春節，都供應一點好酒，太

原的油鹽店卻都貼出一個條子：「供應老陳醋，每戶一斤。」這在山西人是大事。

山西人還愛吃酸菜，雁北尤甚。什麼都拿來酸，除了蘿蔔白菜，還包括楊樹葉子、榆樹錢兒。有人來給姑娘說親，當媽的先問，那家有幾口酸菜缸。酸菜缸多，說明家底子厚。

遼寧人愛吃酸菜白肉火鍋。

北京人吃羊肉酸菜湯下雜麵。

福建人、廣西人愛吃酸筍。我和賈平凹在南寧，不愛吃招待所的飯，到外面瞎吃。平凹一進門，就叫：「老友麵！」「老友麵」者，酸筍肉絲汆湯下麵也，不知道為什麼叫做：「老友」。

傣族人也愛吃酸。酸筍燉雞是名菜。

延慶山裡夏天愛吃酸飯。把好好的飯焐酸了，用井撥涼水一和，呼呼地就下去了三碗。

都說蘇州菜甜，其實蘇州菜只是淡，真正甜的是無錫。無錫炒鱔糊放那麼多糖！包子的肉餡裡也放很多糖，沒法吃！

四川夾沙肉用大片肥豬肉夾了洗沙蒸，廣西芋頭扣肉用大片肥豬肉夾芋泥蒸，都極甜，很好吃，但我最多只能吃兩片。

廣東人愛吃甜食。昆明金碧路有一家廣東人開的甜品店，賣芝麻糊、綠豆沙，廣東同學趨之若鶩。「蕃薯糖水」即用白薯切塊熬的湯，這有什麼好喝的呢？廣東同學曰：「好嘢！」

北方人不是不愛吃甜，只是過去糖難得。我家曾有老保姆，正定鄉下人，六十多歲了。她還有個婆婆，八十幾了。她有一次要回鄉探親，臨行稱了兩斤白糖，說她的婆婆就愛喝個白糖水。

北京人很保守，過去不知苦瓜為何物，近年有人學會吃了。菜農也有種的了。農貿市場上有很好的苦瓜賣，屬於「細菜」，價頗昂。

北京人過去不吃薤菜，不吃木耳菜，近年也有人愛吃了。

北京人在口味上開放了！

北京人過去就知道吃大白菜。由此可見，大白菜主義是可以被打倒的。

北方人初春吃苣蕒菜。苣蕒菜分甜蕒、苦蕒，苦蕒相當的苦。

有一個貴州的年輕女演員上我們劇團學戲，她的媽媽不遠迢迢給她寄來一包東西，是「擇耳根」，或名「則爾根」，即魚腥草。她讓我嚐了幾根。這是什麼東西？苦，倒不要緊，它有一股強烈的生魚腥味，實在招架不了！

劇團有一幹部，是寫字幕的，有時也管雜務。此人是個吃辣的專家。他每天中午飯不吃菜，吃辣椒下飯。全國各地的，少數民族的，各種辣椒，他都千方百計地弄來吃，劇團到上海演出，他幫助搞伙食，這下好，不會缺辣椒吃。原以為上海辣椒不好買，他下車第二天就找到一家專賣各種辣椒的鋪子。上海人有一些是能吃辣的。

我的吃辣是在昆明練出來的，曾跟幾個貴州同學在一起用青辣椒在火上燒燒，蘸鹽水下酒。平生所吃辣椒之多矣，什麼朝天椒、野山椒，都不在話下。我吃過最辣的辣椒是在越南。一九四七年，由越南轉道往上海，在海防街頭吃牛肉粉，牛肉極嫩，湯極鮮，辣椒極辣，一碗湯粉，放三四絲辣椒就辣得不行。這種辣椒的顏色是桔黃色的。在川北，聽說有一種辣椒本身不能吃，用一根線吊在灶上，湯做得了，把辣椒在湯裡涮涮，就辣得不得了。雲南佧佤族有一種辣椒，叫「涮涮辣」，與川北吊在灶上的辣椒大概不相上下。

四川不能說是最能吃辣的省份，川菜的特點是辣且麻，——擱很多花椒。四川的小麵館的牆壁上黑漆大書三個字：麻辣燙。麻婆豆腐、乾煸牛肉絲、棒棒雞；不放花椒不行。花椒得是川椒，搗碎，菜做好了，最後再放。

周作人說他的家鄉整年吃鹹極了的鹹菜和鹹極了的鹹魚，浙東人確實吃得很鹹。有個同學，是台州人，到鋪子裡吃包子，掰開包子就往裡倒醬油。口味的鹹淡和地域是有關係的。北京人說南甜北鹹東辣西酸，大體不錯。河北，東北人口重，福建菜多很淡。但這與個人的性格習慣也有關。湖北菜並不鹹，但聞一多先生卻嫌雲南蒙自的菜太淡。

中國人過去對吃鹽很講究，如桃花鹽、水晶鹽，「吳鹽勝雪」，現在則全國都吃再製精鹽。只有四川人醃鹹菜還堅持用自貢產的井鹽。

我不知道世界上還有什麼國家的人愛吃臭。

過去上海、南京、漢口都賣油炸臭豆腐乾。長沙火宮殿的臭豆腐因為一個大人物年輕時常吃而出名。這位大人物後來還去吃過，說了一句話：「火宮殿的臭豆腐還是好吃。」文化大革命中火宮殿的影壁上就出現了兩行大字：

最高指示：
火宮殿的臭豆腐還是好吃。

我們一個同志到南京出差，他的愛人是南京人，囑咐他帶一點臭豆腐乾回來。他千方百計，居然辦到了。帶到火車上，引起一車廂的

人強烈抗議。

除豆腐乾外，麵筋、百葉（千張）皆可臭。蔬菜裡的萵苣、冬瓜、豇豆皆可臭。冬筍的老根咬不動，切下來隨手就扔進臭罈子裡。——我們那裡很多人家都有個臭罈子，一罈子「臭鹵」。醃芥菜擠下的汁放幾天即成「臭鹵」。臭物中最特殊的是臭莧菜桿。莧菜長老了，主莖可粗如拇指，高三四尺，截成二寸許小段，入臭罈。臭熟後，外皮是硬的，裡面的芯成果凍狀。嚙住一頭，一吸，芯肉即入口中。這是佐粥的無上妙品。我們那裡叫做「莧菜秸子」，湖南人謂之「莧菜咕」，因為吸起來「咕」的一聲。

北京人說的臭豆腐指臭豆腐乳。過去是小販沿街叫賣的：

「臭豆腐，醬豆腐，王致和的臭豆腐。」臭豆腐就貼餅子，熬一鍋蝦米皮白菜湯，好飯！現在王致和的臭豆腐用很大的玻璃方瓶裝，很不方便，一瓶一百塊，得很長時間才能吃完，而且賣得很貴，成了奢侈品。我很希望這種包裝能改進，一器裝五塊足矣。

我在美國吃過最臭的「氣死」（乾酪），洋人多聞之掩鼻，對我說起來實在沒有什麼，比臭豆腐差遠了。

甚矣，中國人口味之雜也，敢說堪為世界之冠。

載一九九○年第四期《中國作家》

【賞析】

〈五味〉是一篇很能代表汪曾祺寫作風格的散文。作者選取酸、甜、苦、辣、鹹、臭六種味覺的南北風味來說明「中國人口味之雜」。本來文

章題目是「五味」，為什麼要加上臭味的吃食呢？「五味調和，百味香」，所謂五味，本來就蘊涵了「口味之雜」的意味，但汪老可能覺得五味之說，始於《內經》，限於五味，循規蹈矩，並不能突出「雜」的文眼，所以添上最令讀者瞠目的臭味，為「雜」張目。而臭味也可以算到五味所生的百味之中，所以，「五」是言其多，與「百味」是一個意思。

看看汪老羅列的吃食，無非酸飯、陳醋、苦瓜、辣椒、鹹菜、臭豆腐、臭菜梗之類，實在是普通至極，寒傖到家了。比汪老早一兩輩的民國文人，無論是梁實秋（一九〇三至一九八七）的《雅舍談吃》，還是周作人（一八八五至一九六七）描寫魚蔬、講究點心的若干小品，其中的堂奧，都不是只趕上西南聯大尾巴的汪老所能企及的，更不用說比汪老長十餘歲，北平財商畢業的滿州貴冑唐魯孫（一九〇八至一九八五）在《中國吃》中記錄的南北大菜，舉凡翠蓋魚翅、天梯鴨掌云云，皆為彼時製饌不傳之秘。醲醇之味，又不是梁、周等教授階層可以時時親近的。然而汪老這篇〈五味〉能膾炙人口，得到讀者的共鳴，也正在於題材的平易近人。比如說吃鱔魚，汪老就提無錫的「炒鱔糊」，梁老就講淮揚的「燴虎尾」。「燴虎尾」精則精矣，不過吃過的人一定沒有「炒鱔糊」多。通觀全文，汪老自己認為最稀罕的魚腥草，在香港的街市菜檔就能買到，吃過的人都不少。取材於日常生活中最習見的食品，確能說明「雜」的道理，進而闡述「南甜北鹹東辣西酸」，只是「大體不錯」，其實「北方人不是不愛吃甜」，「四川不能說是最能吃辣的省份」，這種多元論的看法在經歷過「文革」前後浮沉的作者身上體現出來，是不是與《莊子·齊物論》有異曲同工之妙呢？

最後談一下這篇散文的行文策略。羅列六味，各舉數例，則通篇結構極易流於一般。因此，汪老在第一味「酸」和第三味「苦」的各段行文，皆以某地方人起始，構成排比，加強緊湊性和節奏感。這種排比的內部又

有如同音樂般的章法。每一單元或長或短，抑揚頓挫。而酸味和苦味兩部分結尾段落，則一定不用某地人的起始定式，使讀者有收結的感覺。有這兩部分氣勢攝人的排比作間隔，其餘四味的羅列故事，從結構上就不令人感到乏味了。其實，汪老此文講故事的技巧，也有宋人筆記的影子。如你不信，請對比本文臭味各段與〈果蔬秋濃〉中逐臭一節的行文，就能看出端倪了。

吃食和文學

【題解】

　　汪曾祺談吃往往不志在吃,更多是在談文學、談人生。從食物入手,從生活中的小故事講起,這樣讀者比較容易接受他的觀點,而且文章顯得趣味盎然。〈口味·耳音·興趣〉、〈苦瓜是瓜嗎?〉、〈鹹菜和文化〉是草就於一九八六年八、九月間的短文,合題作〈吃食和文學〉,發表在次年出版的廣東省作家協會主辦的文學刊物《作品》第一期中。

【文本】

口味·耳音·興趣

　　我有一次買牛肉。排在我前面的是一個中年婦女,看樣子是個知識份子,南方人。輪到她了,她問賣牛肉的:「牛肉怎麼做?」我

很奇怪，問：「你沒有做過牛肉？」——「沒有。我們家不吃牛羊肉。」——「那你買牛肉——？」——「我的孩子大了，他們會到外地去。我讓他們習慣習慣，出去了好適應。」這位做母親的用心良苦。我於是盡了一趟義務，把她請到一邊，講了一通牛肉做法，從清燉、紅燒、咖哩牛肉，直到廣東的蠔油炒牛肉、四川的水煮牛肉、乾煸牛肉絲……

有人不吃羊肉。我們到內蒙去體驗生活。有一位女同志不吃羊肉，——聞到羊肉氣味都噁心，這可苦了。她只好頓頓吃開水泡飯，吃鹹菜。看見我吃手抓羊肉、羊貝子（全羊）吃得那樣香，直生氣！

有人不吃辣椒。我們到重慶去體驗生活。有幾個女演員去吃湯圓，進門就嚷嚷「不要辣椒！」賣湯圓的冷冷地說：「湯圓沒有放辣椒的！」

許多東西不吃，「下去」，很不方便。到一個地方，聽不懂那裡的話，也很麻煩。

我們到湘鄂贛去體驗生活。在長沙，有一個同志的鞋壞了，去修鞋，鞋鋪裡不收。「為什麼？」——「修鞋的不好過。」——「什麼？」——「修鞋的不好過！」我只得給他翻譯一下，告訴他修鞋的今天病了，他不舒服。上了井岡山，更麻煩了：井岡山說的是客家話。我們聽一位隊長介紹情況，他說這裡沒有人肯當幹部，他挺身而出，他老婆反對，說是「辣子毛補，兩頭秀腐」——「什麼什麼？」我又給他翻譯：「辣椒沒有營養，吃下去兩頭受苦」。這樣一翻譯可就什麼味道也沒有了。

我去看崑曲，「打虎遊街」、「借茶活捉」……好戲。小丑的蘇白尤其傳神，我聽得津津有味，不時發出笑聲。鄰座是一個唱花旦的京劇女演員，她聽不懂，直着急，老問：「他說什麼？說什麼？」我又

不能逐句翻譯，她很遺憾。

我有一次到民族飯店去找人，身後有幾個少女在嘰嘰呱呱地説很地道的蘇州話。一邊的電梯來了，一個少女大聲招呼她的同伴：「乖面乖面」（這邊這邊）！我回頭一看：説蘇州話的是幾個美國人！

我們那位唱花旦的女演員在語言能力上比這幾個美國少女可差多了。

一個文藝工作者、一個作家、一個演員的口味最好雜一點，從北京的豆汁到廣東的龍蝨都嚐嚐（有些吃的我也招架不了，比如貴州的魚腥草）；耳音要好一些，能多聽懂幾種方言，四川話、蘇州話、揚州話（有些話我也一句不懂，比如溫州話）。否則，是個損失。

口味單調一點、耳音差一點，也還不要緊，最要緊的是對生活的興趣要廣一點。

一九八六年八月十二日

苦瓜是瓜嗎？

昨天晚上，家裡吃白蘭瓜。我的一個小孫女，還不到三歲，一邊吃，一邊説：「白蘭瓜、哈密瓜、黃金瓜、華萊士瓜、西瓜，這些都是瓜。」我很驚奇了：她已經能自己經過歸納，形成「瓜」的概念了（沒有人教過她）。這表示她的智力已經發展到了一個重要的階段。憑藉概念，進行思維，是一切科學的基礎。她奶奶問她：「黃瓜呢？」她點點頭。「苦瓜呢？」她搖搖頭。我想：她大概認為「瓜」是可吃的，並且是好吃的（這些瓜她都吃過）。今天早起，又問她：「苦瓜是不是瓜？」她還是堅決地搖了搖頭，並且説明她的理由：「苦瓜不像

瓜。」我於是進一步想：我對她的概念的分析是不完全的。原來在她的「瓜」概念裡除了好吃不好吃，還有一個像不像的問題（苦瓜的表皮疙裡疙瘩的，也確實不大像瓜）。我翻了翻《辭海》，看到苦瓜屬葫蘆科。那麼，我的孫女認為苦瓜不是瓜，是有道理的。我又翻了翻《辭海》的「黃瓜」條：黃瓜也是屬葫蘆科。苦瓜、黃瓜習慣上都叫做瓜；而另一種很「像」是瓜的東西，在北方卻稱之為「西葫蘆」。瓜乎？葫蘆乎？苦瓜是不是瓜呢？我倒糊塗起來了。

前天有兩個同鄉因事到北京，來看我。吃飯的時候，有一盤炒苦瓜。同鄉之一問：「這是什麼？」我告訴他是苦瓜。他說：「我倒要嚐嚐。」夾了一小片入口：「乖乖！真苦啊！——這個東西能吃？為什麼要吃這種東西？」我說：「酸甜苦辣鹹，苦也是五味之一。」他說：「不錯！」我告訴他們這就是癩葡萄。另一同鄉說：「『癩葡萄』，那我知道的。癩葡萄能這個吃法？」

「苦瓜」之名，我最初是從石濤的畫上知道的。我家裡有不少有正書局珂羅版印的畫集，其中石濤的畫不少。我從小喜歡石濤的畫。石濤的別號甚多，除石濤外有釋濟、清湘道人、大滌子、瞎尊者和苦瓜和尚。但我不知道苦瓜為何物。到了昆明，一看：哦，原來就是癩葡萄，我的大伯父每年都要在後園裡種幾棵癩葡萄，不是為了吃，是為成熟之後摘下來裝在盤子裡看着玩的。有時也剖開一兩個，挖出籽兒來嚐嚐。有一點甜味，並不好吃。而且顏色鮮紅，如同一個一個血餅子，看起來很刺激，也使人不大敢吃它。當作菜，我沒有吃過。有一個西南聯大的同學，是個詩人，他整了我一下子。我曾經吹牛，說沒有我不吃的東西。他請我到一個小飯館吃飯，要了三個菜：涼拌苦瓜、炒苦瓜、苦瓜湯！我咬咬牙，全吃。從此，我就吃苦瓜了。

苦瓜原產於印度尼西亞，中國最初種植是廣東、廣西。現在雲

南、貴州都有。據我所知，最愛吃苦瓜的似是湖南人。有一盤炒苦瓜，——加青辣椒、豆豉、少放點豬肉，湖南人可以吃三碗飯。石濤是廣西全州人，他從小就是吃苦瓜的，而且一定很愛吃。「苦瓜和尚」這別號可能有一點禪機，有一點獨往獨來，不隨流俗的傲氣，正如他叫「瞎尊者」，其實並不瞎；但也可能是一句實在話。石濤中年流寓南京，晚年久住揚州。南京人、揚州人看見這個和尚拿癩葡萄來炒了吃，一定會覺得非常奇怪的。

北京人過去是不吃苦瓜的。菜市場偶爾有苦瓜賣，是從南方運來的。買的也都是南方人。近二年北京人也有吃苦瓜的了，有人還很愛吃。農貿市場賣的苦瓜都是本地的菜農種的，所以格外鮮嫩。看來人的口味是可以改變的。

由苦瓜我想到幾個有關文學創作的問題：

一、應該承認苦瓜也是一道菜。誰也不能把苦從五味裡開除出去。我希望評論家、作家——特別是老作家，口味要雜一點，不要偏食。不要對自己沒有看慣的作品輕易地否定、排斥。不要像我的那位同鄉一樣，問道：「這個東西能吃？為什麼要吃這種東西？」提出「這樣的作品能寫？為什麼要寫這樣的作品？」我希望他們能習慣類似苦瓜一樣的作品，能吃出一點味道來，如現在的某些北京人。

二、《辭海》說苦瓜「未熟嫩果作蔬菜，成熟果瓤可生食」。對於苦瓜，可以各取所需，願吃皮的吃皮，願吃瓤的吃瓤。對於一個作品，也可以見仁見智。可以探索其哲學意蘊，也可以蹤跡其美學追求。北京人吃涼拌芹菜，只取嫩莖，西餐館做羅宋湯則專要芹菜葉。人棄人取，各隨尊便。

三、一個作品算是現實主義的也可以，算是現代主義的也可以，只要它真是一個作品。作品就是作品。正如苦瓜，說它是瓜也行，說

它是葫蘆也行，只要它是可吃的。苦瓜就是苦瓜。——如果不是苦瓜，而是狗尾巴草，那就另當別論。截至現在為止，還沒有人認為狗尾巴草很好吃。

一九八六年九月六日

鹹菜和文化

偶然和高曉聲談起「文化小說」，曉聲說：「什麼叫文化？——吃東西也是文化。」我同意他的看法。這兩天自己在家裡醃韭菜花，想起鹹菜和文化。

鹹菜可以算是一種中國文化。西方似乎沒有鹹菜。我吃過「洋泡菜」，那不能算鹹菜。日本有鹹菜，但不知道有沒有中國這樣盛行。「文革」前《福建日報》登過一則猴子醃鹹菜的新聞，一個新華社歸僑記者用此材料寫了一篇對外的特稿：「猴子會醃鹹菜嗎？」被批評為「資產階級新聞觀點」。——為什麼這就是資產階級新聞觀點呢？猴子醃鹹菜，大概是跟人學的。於此可以證明鹹菜在中國是極為常見的東西。中國不出鹹菜的地方大概不多。各地的鹹菜各有特點，互不雷同。北京的水疙瘩、天津的津冬菜、保定的春不老。「保定有三寶，鐵球、麵醬、春不老」，我吃過蘇州的春不老，是用帶纓子的很小的蘿蔔醃製的，醃成後寸把長的小纓子還是碧綠的，極嫩，微甜，好吃，名字也起得好。保定的春不老想也是這樣的。周作人曾說他的家鄉經常吃的是鹹極了的鹹魚和鹹極了的鹹菜。魯迅《風波》裡寫的蒸得烏黑的乾菜很誘人。醃雪裡蕻南北皆有。上海人愛吃鹹菜肉絲麵和雪筍湯。雲南曲靖的韭菜花風味絕佳。曲靖韭菜花的主料其實是細

切晾乾的蘿蔔絲，與北京作為吃涮羊肉的調料的韭菜花不同。貴州有冰糖酸，乃以芥菜加醪糟、辣子醃成。四川鹹菜種類極多，據說必以自流井的粗鹽醃製乃佳。行銷（真是「行銷」）全國，遠至海外（有華僑的地方），堪稱鹹菜之王的，應數榨菜。朝鮮辣菜也可以算是鹹菜。延邊的醃蕨菜北京偶有賣的，人多不識。福建的黃蘿蔔很有名，可惜未曾吃過。我的家鄉每到秋末冬初，多數人家都醃蘿蔔乾。到店鋪裡學徒，要「吃三年蘿蔔乾飯」，言其缺油水也。中國鹹菜多矣，此不能備載。如果有人寫一本《鹹菜譜》，將是一本非常有意思的書。

鹹菜起於何時，我一直沒有弄清楚。古書裡有一個「菹」字，我少時曾以為是鹹菜。後來看《說文解字》，菹字下注云：「酢菜也」，不對了。漢字凡從酉者，都和酒有點關係。酢菜現在還有。昆明的「茄子酢」、湖南乾城的「酢辣子」，都是密封在罐子裡使之酒化了的，吃起來都帶酒香。這不能算是鹹菜。有一個虀字，則確乎是鹹菜了。這是切碎了醃的。這東西的顏色是發黃的，故稱「黃虀」。醃製得法，「色如金釵股」云。我無端地覺得，這恐怕就是酸雪裡蕻。虀似乎不是很古的東西。這個字的大量出現好像是在宋人的筆記和元人的戲曲裡。這是窮秀才和和尚常吃的東西。「黃虀」成了嘲笑秀才和和尚，亦為秀才和和尚自嘲的常用的話頭。中國鹹菜之多，製作之精，我以為跟佛教有一點關係。佛教徒不茹葷，又不一定一年四季都能吃到新鮮蔬菜，於是就在鹹菜上打主意。我的家鄉醃鹹菜醃得最好的是尼姑庵。尼姑到相熟的施主家去拜年，都要備幾色鹹菜。關於鹹菜的起源，我在看雜書時還要隨時留心，並希望博學而好古的饞人有以教我。

和鹹菜相伯仲的是醬菜。中國的醬菜大別起來，可分為北味的與南味的兩類。北味的以北京為代表。六必居、天源、後門的「大葫蘆」

都很好。——「大葫蘆」門懸大葫蘆為記，現在好像已經沒有了。保定醬菜有名，但與北京醬菜區別實不大。南味的以揚州醬菜為代表，商標為「三和」、「四美」。北方醬菜偏鹹，南則偏甜。中國好像什麼東西都可以拿來醬。蘿蔔、瓜、萵苣、蒜苗、甘露、藕，乃至花生、核桃、杏仁，無不可醬。北京醬菜裡有醬銀苗，我到現在還不知道究竟是什麼東西。只有荸薺不能醬。我的家鄉不興到醬園裡開口說買醬荸薺，那是罵人的話。

醬菜起於何時，我也弄不清楚。不會很早。因為製醬菜有個前提，必得先有醬，——豆製的醬。醬——醬油，是中國一大發明。「柴米油鹽醬醋茶」，醬為開門七事之一。中國菜多數要放醬油。西方沒有。有一個京劇演員出國，回來總結了一條經驗，告誡同行，以後若有出國機會，必須帶一盒固體醬油！沒有郫縣豆瓣，就做不出「正宗川味」。但是中國古代的醬和現在的醬不是一回事。《說文》醬字注云從肉、從酉、爿聲。這是加鹽、加酒、經過發酵的肉醬。《周禮·天官·膳夫》：「凡王之饋，醬用百有二十甕」，鄭玄注：「醬，謂醓醢也」。醓，醢，都是肉醬。大概較早出現的是豉，其後才有現在的醬。漢代著作中提到的醬，好像已是豆製的。東漢王充《論衡》：「作豆醬惡聞雷」，明確提到豆醬。《齊民要術》提到醬油，但其時已至北魏，距現在一千五百多年——當然，這也相當古了。醬菜的起源，我現在還沒有查出來，俟諸異日吧。

考查鹹菜和醬菜的起源，我不反對，而且頗有興趣。但是，也不一定非得尋出它的來由不可。

「文化小說」的概念頗含糊。小說重視民族文化，並從生活的深層追尋某種民族文化的「根」，我以為是未可厚非的。小說要有濃郁的民族色彩，不在民族文化裡醃一醃、醬一醬，是不成的，但是不一

定非得追尋得那麼遠，非得追尋到一種蒼蒼莽莽的古文化不可。古文化荒邈難稽（連鹹菜和醬菜的來源我們還不清楚）。尋找古文化，是考古學家的事，不是作家的事。從食品角度來說，與其考察太子丹請荊軻吃的是什麼，不如追尋一下「春不老」；與其查究楚辭裡的「蕙肴蒸」，不如品味品味湖南豆豉；與其追溯斷髮文身的越人怎樣吃蛤蜊，不如蒸一碗霉乾菜，喝兩杯黃酒。我們在小說裡要表現的文化，首先是現在的，活着的；其次是昨天的，消逝不久的。理由很簡單，因為我們可以看得見，摸得着，嚐得出，想得透。

一九八六年九月十一日
載一九八七年第一期《作品》

【賞析】

三篇文章裡，寫得最有特色的要數〈苦瓜是瓜嗎？〉。苦瓜是瓜嗎？從植物分類學的角度來說，可謂糊塗之極，但汪老的寫作動機並不在此。如果我們換個角度，從文學批評的層面探討，此文又可謂獨具隻眼，得深意於牝牡驪黃之外了。

本文由作者小孫女歸納「白蘭瓜、哈密瓜、黃金瓜、華萊士瓜、西瓜，這些都是瓜」，而苦瓜不是瓜引起。汪老為此特意翻查了《辭海》，查到苦瓜歸葫蘆科，進而認為「我的孫女認為苦瓜不是瓜，是有道理的」，並在文末申述：「正如苦瓜，說它是瓜也行，說它是葫蘆也行，只要它是可吃的。」可見汪老可能認為凡屬葫蘆科的就一定是葫蘆而非瓜。殊不知，舉凡文中羅列的白蘭瓜、哈密瓜、西瓜、苦瓜、黃瓜云云均是葫

蘆科的植物。只不過苦瓜隸於葫蘆科苦瓜屬，白蘭瓜、哈密瓜、黃金瓜、華萊士瓜乃至黃瓜隸於葫蘆科甜瓜屬，西瓜隸於葫蘆科西瓜屬，而葫蘆則隸於葫蘆科葫蘆屬，至於汪老提到的「另一種很『像』是瓜」的西葫蘆，從分類學上看是葫蘆科南瓜屬的植物。汪老誤將葫蘆科當作葫蘆種，還以為有與之相對應的瓜科，其實通篇提到的各種瓜果，不過是同科異屬的各種植物而已。

但明眼人看得出來，汪老用意並不在此。評說苦瓜是為了探討文學創作的創新。清人許昂霄《詞綜偶評》中讚歎姜夔詞「能轉法華，不為法華所轉」，汪老寫苦瓜，庶幾近之！這句「正如苦瓜，說它是瓜也行，說它是葫蘆也行，只要它是可吃的」，是不是與上世紀六十年代和八十年代兩度引發熱議的「不管白貓、黑貓，能捉到老鼠就是好貓」同出一轍呢？其實類似的話，《聊齋志異》就有。其書卷四〈驅怪〉文末有：「異史氏曰：『黃狸、黑狸，得鼠者雄！』」結合上下文觀之，〈吃食和文學〉中的其他兩篇文章，也意趣相近。〈口味·耳音·興趣〉是講文學創作中的相容並包，〈鹹菜和文化〉是講文學創作要反映生活中「看得見，摸得着，嚐得出，想得透」的「活着的」文化。在八十年代中期，創作這三篇文章，並在廣東發表，足徵汪老的寫作對社會現實是有的放矢的。

國子監

【題解】

　　此篇是汪曾祺早期的作品，寫於一九五四年，與八十年代散文淡然的風格略有不同，卻深受作家看重。所謂「國子監」，就是從前的大學，但它不是普遍意義上的大學，而是給貴族子弟學習的高級學府。通過閱讀此文，同學可以了解國子監的建築特色及運作模式。但是，作家真正想告訴讀者的是國子監背後的故事，所謂「培育人才」，所謂「祭酒如何清簡恬靜」，所謂「監生如何貴重」的真相。

【文本】

　　為了寫國子監，我到國子監去逛了一趟，不得要領。從首都圖書館抱了幾十本書回來，看了幾天，看得眼花氣悶，而所得不多。後來，我去找了一個「老」朋友聊了兩個晚上，倒像是明白了不少

事情。我這朋友世代在國子監當差，「侍候」過翁同龢、陸潤庠、王垿等祭酒，給新科狀元打過「狀元及第」的旗，國子監生人，今年七十三歲，姓董。

國子監，就是從前的大學。

這個地方原先是什麼樣子，沒法知道了（也許是一片荒郊）。立為國子監，是在元代遷都大都以後，至元二十四年（一二八八年），距今約已七百年。

元代的遺跡，已經難於查考。給這段時間作證的，有兩棵老樹：一棵槐樹，一棵柏樹。一在彝倫堂前，一在大成殿階下。據說，這都是元朝的第一任國立大學校長 —— 國子監祭酒許衡手植的。柏樹至今仍頗頑健，老幹橫枝，婆娑弄碧，看樣子還能再活個幾百年。那棵槐樹，約有北方常用二號洗衣綠盆粗細，稀稀疏疏地披着幾根細瘦的枝條，乾枯僵直，全無一點生氣，已經老得不成樣子了，很難斷定它是否還活着。傳說它老早就已經死過一次，死了幾十年，有一年不知道怎麼又活了。這是乾隆年間的事，這年正趕上是慈寧太后的六十「萬壽」，嗬，這是大喜事！於是皇上、大臣賦詩作記，還給老槐樹畫了像，全都刻在石頭上，着實熱鬧了一通。這些石碑，至今猶在。

國子監是學校，除了一些大樹和石碑之外，主要的是一些作為大學校舍的建築。這些建築的規模大概是明朝的永樂所創建的（大體依據洪武帝在南京所創立的國子監，而規模似不如原來之大），清朝又改建或修改過。其中修建最多的，是那位站在大清帝國極盛的峰頂，喜武功亦好文事的乾隆。

一進國子監的大門 —— 集賢門，是一個黃色琉璃牌樓。牌樓之裡是一座十分龐大華麗的建築。這就是辟雍。這是國子監最中心、最突出的一個建築。這就是乾隆所創建的。辟雍者，天子之學也。天子

之學，到底該是個什麼樣子，從漢朝以來就眾說紛紜，誰也鬧不清楚。照現在看起來，是在平地上開出一個正圓的池子，當中留出一塊四方的陸地，上面蓋起一座十分宏大的四方的大殿，重簷，有兩層廊柱，蓋黃色琉璃瓦，安一個巨大的鎦金頂子，樑柱簷飾，皆朱漆描金，透刻敷彩，看起來像一頂大花轎子似的。辟雍殿四面開門，可以洞啟。池上圍以白石欄杆，四面有石橋通達。這樣的格局是有許多講究的，這裡不必說它。辟雍，是乾隆以前的皇帝就想到要建築的，但都因為沒有水而作罷了（據說天子之學必得有水）。到了乾隆，氣魄果然要大些，認為「北京為天下都會，教化所先也，大典缺如，非所以崇儒重道，古與稽而今與居也」（《御製國學新建辟雍圜水工成碑記》）。沒有水，那有什麼關係！下令打了四口井，從井裡把水汲上來，從暗道裡注入，通過四個龍頭（螭首），噴到白石砌就的水池裡，於是石池中涵空照影，泛着瀲灩的波光了。二、八月裡，祀孔釋奠之後，乾隆來了。前面鐘樓裡撞鐘，鼓樓裡擂鼓，殿前四個大香爐裡燒着檀香，他走入講台，坐上寶座，講《大學》或《孝經》一章，叫王公大臣和國子監的學生跪在石池的橋邊聽着，這個盛典，叫做「臨雍」。

這「臨雍」的盛典，道光、嘉慶年間，似乎還舉行過，到了光緒，據我那朋友老董說，就根本沒有這檔子事了。大殿裡一年難得打掃兩回，月牙河（老董管辟雍殿四邊的池子叫做四個「月牙河」）裡整年是乾的，只有在夏天大雨之後，各處的雨水一齊奔到這裡面來。這水是死水，那光景是不難想像的。

然而辟雍殿確實是個美麗的、獨特的建築。北京有名的建築，除了天安門、天壇祈年殿那個藍色的圓頂、九樑十八柱的故宮角樓，應該數到這頂四方的大花轎。

辟雍之後，正面一間大廳，是彝倫堂，是校長 —— 祭酒和教務長 —— 司業辦公的地方。此外有「四廳六堂」，敬一亭，東廂西廂。四廳是教職員辦公室。六堂本來應該是教室，但清朝另於國子監斜對門蓋了一些房子作為學生住宿進修之所，叫做「南學」（北方戲文動輒說「到南學去攻書」，指的即是這個地方），六堂作為考場時似更多些。學生的月考、季考在此舉行，每科的鄉會試也要先在這裡考一天，然後才能到貢院下場。

六堂之中原來排列着一套世界上最重的書，這書一頁有三四尺寬，七八尺長，一尺許厚，重不知幾千斤。這是一套石刻的十三經，是一個老書生蔣衡一手寫出來的。據老董說，這是他默出來的！他把這套書獻給皇帝，皇帝接受了。刻在國子監中，作為重要的裝點。這皇帝，就是高宗純皇帝乾隆陛下。

國子監碑刻甚多，數量最多的，便是蔣衡所寫的經。著名的，舊稱有趙松雪臨寫的「黃庭」、「樂毅」、「蘭亭定武本」；顏魯公「爭座位」，這幾塊碑不曉得現在還在不在，我這回未暇查考。不過我覺得最有意思、最值得一看的是明太祖訓示太學生的一通敕諭：

　　恁學生每聽着：先前那宗訥做祭酒呵，學規好生嚴肅，秀才每循規蹈矩，都肯向學，所以教出來的個個中用，朝廷好生得人。後來他善終了，以祀送他回鄉安葬，沿路上著有司官祭他。

　　近年著那老秀才每做祭酒呵，他每都懷着異心，不肯教誨，把宗訥的學規都改壞了，所以生徒全不務學，用著他呵，好生壞事。

　　如今著那年紀小的秀才官人每來署學事，他定的學規，恁

每當依著行。敢有抗拒不服，撒潑皮，違犯學規的，若祭酒來奏著怎呵，都不饒！全家發向煙瘴地面去，或充軍，或充吏，或做首領官。

今後學規嚴緊，若有無籍之徒，敢有似前貼沒頭帖子，誹謗師長的，許諸人出首，或綁縛將來，賞大銀兩個。若先前貼了票子，有知道的，或出首，或綁縛將來呵，也一般賞他大銀兩個。將那犯人凌遲了，梟令在監前，全家抄沒，人口發往煙瘴地面。欽此！

這裡面有一個血淋淋的故事：明太祖為了要「人才」，對於辦學校非常熱心。他的辦學的政策只有一個字：嚴。他所委任的第一任國子監祭酒宗訥，就秉承他的意旨，訂出許多規條。待學生非常的殘酷，學生曾有餓死吊死的。學生受不了這樣的迫害和飢餓，曾經鬧過兩次學潮。第二次學潮起事的是學生趙麟，出了一張壁報（沒頭帖子）。太祖聞之，龍顏大怒，把趙麟殺了，並在國子監立一長竿，把他的腦袋掛在上面示眾（照明太祖的語言，是「梟令」）。隔了十年，他還忘不了這件事，有一天又召集全體教職員和學生訓話。碑上所刻，就是訓話的原文。

這些本來是發生在南京國子監的事，怎麼北京的國子監也有這麼一塊碑呢？想必是永樂皇帝覺得他老大人的這通話訓得十分精彩，應該垂之久遠，所以特在北京又刻了一個複本。是的，這值得一看。他的這篇白話訓詞比歷朝皇帝的「崇儒重道」之類的話都要真實得多，有力得多。

這塊碑在國子監儀門外側右手，很容易找到。碑分上下兩截。下截是對工役膳夫的規矩，那更不得了：「打五十竹篦」！「處斬」！「割

了腳筋」……

歷代皇帝雖然都似乎頗為重視國子監，不斷地訂立了許多學規，但不知道為什麼，國子監出的人才並不是那樣的多。

《戴斗夜談》一書中說，北京人已把國子監打入「十可笑」之列：

> 京師相傳有十可笑：光祿寺茶湯，太醫院藥方，神樂觀祈禳，武庫司刀槍，營繕司作場，養濟院衣糧，教坊司婆娘，都察院憲綱，國子監學堂，翰林院文章。

國子監的課業歷來似頗為稀鬆。學生主要的功課是讀書、寫字、作文。國子監學生 —— 監生的肄業、待遇情況各時期都有變革。到清朝末年，據老董說，是每隔六日作一次文，每一年轉堂（升級）一次，六年畢業，學生每月領助學金（膏火）八兩。學生畢業之後，大部分發作為縣級幹部，或為縣長（知縣）、副縣長（縣丞），或為教育科長（訓導）。另外還有一種特殊的用途，是調到中央去寫字（清朝有一個時期光祿寺的麵袋都是國子監學生的仿紙做的）。從明朝起就有調國子監善書學生去抄錄《實錄》的例。明朝的一部大叢書《永樂大典》，清朝的一部更大的叢書《四庫全書》的底稿，那裡面的端正嚴謹（也毫無個性）的館閣體楷書，有些就是出自國子監高材生的手筆。這種工作，叫做「在謄桌上行走」。

國子監監生的身份不十分為人所看重。從明景泰帝開生員納粟納馬入監之例以後，國子監的門檻就低了。爾後捐監之風大開，監生就更不值錢了。

國子監是個清高的學府，國子監祭酒是個清貴的官員 —— 京官中，四品而掌印的，只有這麼一個。作祭酒的，生活實在頗為清閒，

每月只逢六逢一上班，去了之後，當差的在門口喝一聲短道，沏上一碗蓋碗茶，他到彝倫堂上坐了一陣，給學生出題目，看看卷子；初一、十五帶着學生上大成殿磕頭，此外簡直沒有什麼事情。清朝時他們還有兩樁特殊任務：一是每年十月初一，率領屬官到午門去領來年的黃曆；一是遇到日蝕、月蝕，穿了素服到禮部和太常寺去「救護」，但領黃曆一年只一次，日蝕、月蝕，更是難得碰到的事。戴璐《藤陰雜記》說此官「清簡恬靜」，這幾個字是下得很恰當的。

但是，一般做官的似乎都對這個差事不大發生興趣。朝廷似乎也知道這種心理，所以，除了特殊例外，祭酒不上三年就會遷調。這是為什麼？因為這個差事沒有油水。

查清朝的舊例，祭酒每月的俸銀是一百零五両，一年一千二百六十両，外加辦公費每月三両，一年三十六両，加在一起，實在不算多。國子監一沒人打官司告狀，二沒有鹽稅河工可以承攬，沒有什麼外快。但是畢竟能夠養住上上下下的堂官皂役的，賴有相當穩定的銀子，這就是每年捐監的手續費。

據朋友老董說，納監的監生除了要向吏部交一筆錢，領取一張「護照」外，還需向國子監交錢領「監照」——就是大學畢業證書。照例一張監照，交銀一両七錢。國子監舊例，積銀二百八十両，算一個「字」、按「千字文」數，有一個字算一個字，平均每年約收入五百字上下。我算了算，每年國子監收入的監照銀約有十四萬両，即每年有八十二三萬不經過入學和考試只花錢向國家買證書而取得大學畢業資格 —— 監生的人。原來這是一種比烏鴉還要多的東西！這十四萬両銀子照國家的規定是不上繳的，由國子監官吏皂役按份攤分，祭酒每一字分十両，那麼一年約可收入五千銀子，比他的正薪要多得多。其餘司業以下各有差。據老董說，連他一個「字」也分五錢八分，一年

也從這一項上收入二百八九十兩銀子!

老董說,國子監還有許多定例。比如,像他,是典籍廳的刷印匠,管給學生「做卷」──印製作文用的紅格本子,這事包給了他,每月例領十三兩銀子。他父親在時還會這宗手藝,到他時則根本沒有學過,只是到大柵欄口買一刀毛邊紙,拿到琉璃廠找鋪子去印,成本共花三兩,剩下十兩,是他的。所以,老董說,那年頭,手裡的錢花不清──燴鴨條才一吊四百錢一賣!至於那幾位「堂皂」,就更不得了了!單是每科給應考的舉子包「槍手」(這事值得專寫一文),就是一筆大財。那時候,當差的都興喝黃酒,街頭巷尾都是黃酒館,跟茶館似的,就是專為當差的預備著的。所以,像國子監的差事也都是世襲。這是一宗產業,可以賣,也可以頂出去!

老董的記性極好,我的複述倘無錯誤,這實在是一宗未見載錄的珍貴史料。我所以不憚其煩地縷寫出來,用意是在告訴比我更年輕的人,封建時代的經濟、財政、人事制度,是一個多麼古怪的東西!

國子監,現在已經作為首都圖書館的館址了。首都圖書館的老底子是頭髮胡同的北京市圖書館,即原先的通俗圖書館──由於魯迅先生的倡議而成立,魯迅先生曾經襄贊其事,並捐贈過書籍的圖書館;前曾移到天壇,因為天壇地點逼仄,又挪到這裡了。首都圖書館藏書除原頭髮胡同的和建國後新買的以外,主要為原來孔德學校和法文圖書館的藏書。就中最具特色,在國內搜藏較富的,是鼓詞俗曲。

載一九五七年三月號《北京文藝》

【賞析】

〈國子監〉一文不算長，大概七千字的篇幅，但頗為作者所看重。《汪曾祺自選集》收入散文僅十二篇，第一篇就是此文。汪老的好友陸建華先生選編的《汪曾祺文集‧散文卷》收輯文章更多，總數在六十篇以上，仍以此文冠諸卷首，可見它在汪老心中的分量。

之所以寫這篇文章，關鍵是汪曾祺在一九四八年初來北京之際，由老師沈從文介紹到歷史博物館工作，結識了工友老董。老董是個老北京，世代在國子監當差，「經過前清、民國、袁世凱、段祺瑞、北伐、日本、國民黨、共產黨」，在汪老多篇散文中都有出場。到汪老寫〈國子監〉這篇文章的時候，老董已經七十三歲了，在歷史博物館「只管撣撣辦公室的塵土，拔拔廣坪石縫中的草」（〈老董〉）。雖然此文開頭說：「為了寫國子監，……從首都圖書館抱了幾十本書回來，看了幾天，看得眼花氣悶」，可明眼人一路讀下去就明白，這是為襯托老董那些從來不能「上書」，只能由當事人口耳相傳的秘聞。文章中凡是大約徵引自《欽定國子監志》的材料，好像〈御製古槐詩畫碑〉、〈御製國學新建辟雍圜水工成碑記〉之類，雖然冠冕堂皇，從格局上似乎還能上溯《周禮》，但經老董的點評，都一下子原形畢露，就連歷任祭酒們「清簡恬靜」的生活，經老董對銀錢賬稍加點染，立刻令讀者打消了所有時間距離產生的美感，從心底發出萬代一理，融匯古今的感慨。

為什麼要辦國子監？《周禮》裡面講這是「天子臨雍講學」的地方，歷代帝王「崇儒重道」，都要辦學培養人才。臨雍盛典，據老董說，到了光緒年間，「就根本沒有這檔子事了。大殿裡一年難得打掃兩回，月牙河裡整年是乾的」。至於國家培養人才的宗旨，就不是老董能說清楚的了。乾隆在六堂陳設十三經刻石，心中想的是超越漢、魏的石經，乃至大唐的

開成石經，這分明是在落力下本扮演儒家的教主，而對老董而言，最「巴臂」的則莫過於全部十三經石刻底稿都是江蘇老貢生蔣衡一手默寫出來的無稽之談！乾隆老倌兒如果聽了兩百多年後老董的這番說話，恐大呼「唔抵」。汪老聰明過人，搬出儀門外右手不起眼的洪武三十年（一三九七）《明太祖訓示太學生敕諭碑》來，用朱元璋的「口供」來注釋「崇儒重道」的奧義：

> 今後學規嚴緊，若有無籍之徒，敢有似前貼沒頭帖子，誹謗師長的，許諸人出首，或綁縛將來，賞大銀兩個。若先前貼了票子，有知道的，或出首，或綁縛將來呵，也一般賞他大銀兩個。將那犯人凌遲了，梟令在監前，全家抄沒，人口發往煙瘴地面。欽此！

汪老怕讀者不明就裡，特意解釋了洪武二十七年（一三九四）朱元璋如何殺了在學潮中出了一張壁報的南監監生趙麟，並在國子監立一長竿，把趙的腦袋掛在上面示眾的事。要知道南京國子監的這根血淋淋的竿子一直豎在那兒，直到一百二十六年之後，明武宗見到，才以學校豈是刑場為由撤掉。北京國子監的〈敕諭碑〉，據汪老推測，是篡了太祖指定接班人建文帝帝位的成祖皇帝翻刻的，足徵聖人治世心心相印。

如何辦國子監呢？老董說納監的監生要向國子監交一両七錢銀子的監照費。按舊例「積銀二百八十両，算一個『字』，……每年約收入五百字上下。我算了算，每年國子監收入的監照銀約有十四萬両，即每年有八十二三萬不經過入學和考試只花錢向國家買證書而取得大學畢業資格——監生的人」。這句話在不同選本中常有訛誤。因為汪氏撰寫的〈老董〉一文，一九九三年在《追求》月刊發表的時候，引文前半句印成：「國

子監舊例，私銀二百八十兩，算一個『字』。」北師大版《汪曾祺全集》將「私銀」改回原來的「積銀」，但又把「二百八十兩，算一個『字』」誤印為「二萬，十兩，算一個『字』」。燕山出版社《去年屬馬》同訛。到了成都出版社出的《草花集》，這句又改成了「積銀二萬八十兩，算一個『字』。」真可謂「書三寫，魚成魯，帝成虎」。至於引文的後半句，也有令人費解的地方，就恐怕不是手民誤植了。每張一兩七錢銀的監照費，年收入十四萬兩，至多也就八萬三千人納監，汪老說有「八十二三萬」，大概是小數點兒點錯了位。就好像上文提到趙麟在監前梟首示眾當在洪武二十七年，次年朱元璋又頒行趙麟誹謗敕給國子監，讓大家知道「動亂真相」。至於後來召集國子監官生一千八百多人，在奉天門前訓示，則是洪武三十年的事。文章中說梟首與訓示「隔了十年」，大概也是個虛數。可見汪老把散文當作文學創作看待，考證瑣屑，尚在其次。

其實這種處理手法，在文章一開頭介紹老董出場的時候，就有應用：「我這朋友世代在國子監當差，『侍候』過翁同龢、陸潤庠、王堉等祭酒，給新科狀元打過『狀元及第』的旗，國子監生人，今年七十三歲，姓董。」作者一九五四年寫此文時，老董七十三。作者一九六〇年到東堂子胡同看老師沈從文，聽見老董在傳達室裡罵大街：「我八十多歲了，叫我挨餓！」則老董大約生在一八七〇年代末。夷考翁同龢由詹事府右中允特接侍講擢為國子監祭酒（從四品）在同治七年（一八六八）十一月，同治九年（一八七〇）六月即升太僕寺卿（從三品），其人不可能「侍候」翁祭酒，殆無疑問。彼時在國子監當差者應是其父、其祖。汪氏如此行文，為老董鼓吹資歷，乃是出於創作的需要，與考證無關。況且，國子監裡「清簡恬靜」的歲月，無論是翁祭酒還是陸祭酒，在老董這樣的人看起來都一般無二，何曾有過什麼變化？

人間草木

　　或許因為他是一位寫意派畫家，或許因為他是一位抒情小說作家，或許因為父親、沈從文對他影響太深，汪曾祺總是帶着詩意的眼光看待這個世界。除了善寫日常小人物及鄉土風俗，他筆下的瓜果蔬菜、草木蟲魚也別有一番味道，時現精闢之語。汪曾祺喜歡讀法布爾的《昆蟲記》，推崇吳其濬的《植物名實圖考》，並多次在文章裡進行考據，但是背後想表達的還是他對生活的喜悅，這篇〈人間草木〉便可略窺一二。

【 文本 】

山丹丹

　　我在大青山挖到一棵山丹丹。這棵山丹丹的花真多。招待我們的

老堡壘戶看了看，説：「這棵山丹丹有十三年了。」

「十三年了？咋知道？」

「山丹丹長一年，多開一朵花。你看，十三朵。」

山丹丹記得自己的歲數。

我本想把這棵山丹丹帶回呼和浩特，想了想，找了把鐵鍬，把老堡壘戶的開滿了藍色黨參花的土台上刨了個坑，把這棵山丹丹種上了。問老堡壘戶：

「能活？」

「能活。這東西，皮實。」

大青山到處是山丹丹，開七朵花、八朵花的，多的是。

　　山丹丹花開花又落，

　　一年又一年……

這支流行歌曲的作者未必知道，山丹丹過一年多開一朵花。唱歌的歌星就更不會知道了。

枸杞

枸杞到處都有。枸杞頭是春天的野菜。採摘枸杞的嫩頭，略焯過，切碎，與香乾丁同拌，澆醬油醋香油；或入油鍋爆炒，皆極清香。夏末秋初，開淡紫色小花，誰也不注意。隨即結出小小的紅色的卵形漿果，即枸杞子。我的家鄉叫做狗奶子。

我在玉淵潭散步，在一個山包下的草叢裡看見一對老夫妻彎着腰在找什麼。他們一邊走，一邊搜索。走幾步，停一停，彎腰。

「您二位找什麼？」

「枸杞子。」

「有嗎？」

老同志把手裡一個罐頭玻璃瓶舉起來給我看，已經有半瓶了。

「不少！」

「不少！」

他解嘲似的哈哈笑了幾聲。

「您慢慢撿着！」

「慢慢撿着！」

看樣子這對老夫妻是離休幹部，穿得很整齊乾淨，氣色很好。

他們撿枸杞子幹什麼？是配藥？泡酒？看來都不完全是。真要是需要，可以託熟人從寧夏捎一點或寄一點來。——聽口音，老同志是西北人，那邊肯定會有熟人。

他們撿枸杞子其實只是玩！一邊走着，一邊撿枸杞子，這比單純的散步要有意思。這是兩個童心未泯的老人，兩個老孩子！

人老了，是得學會這樣的生活。看來，這二位中年時也是很會生活，會從生活中尋找樂趣的。他們為人一定很好，很厚道。他們還一定不貪權勢，甘於淡泊。夫妻間一定不會為柴米油鹽、兒女婚嫁而吵嘴。

從釣魚台到甘家口商場的路上，路西，有一家的門頭上種了很大的一叢枸杞，秋天結了很多枸杞子，通紅通紅的，禮花似的，噴泉似的垂掛下來，一個珊瑚珠穿成的華蓋，好看極了。這叢枸杞可以拿到花會上去展覽。這家怎麼會想起在門頭上種一叢枸杞？

槐花

　　玉淵潭洋槐花盛開，像下了一場大雪，白得耀眼。來了放蜂的人。蜂箱都放好了，他的「家」也安頓了。一個刷了塗料的很厚的黑色的帆布篷子。裡面打了兩道土堰，上面架起幾塊木板，是床。床上一卷鋪蓋。地上排着油瓶、醬油瓶、醋瓶。一個白鐵桶裡已經有多半桶蜜。外面一個蜂窩煤爐子上坐着鍋。一個女人在案板上切青蒜。鍋開了，她往鍋裡下了一把乾切麵。不大會兒，麵熟了，她把麵撈在碗裡，加了佐料、撒上青蒜，在一個碗裡舀了半勺豆瓣。一人一碗。她吃的是加了豆瓣的。

　　蜜蜂忙着採蜜，進進出出，飛滿一天。

　　我跟養蜂人買過兩次蜜，繞玉淵潭散步回來，經過他的棚子，大都要在他門前的樹墩上坐一坐，抽一支煙，看他收蜜，刮蠟，跟他聊兩句，彼此都熟了。

　　這是一個五十歲上下的中年人，高高瘦瘦的，身體像是不太好，他做事總是那麼從容不迫，慢條斯理的。樣子不像個農民，倒有點像一個農村小學校長。聽口音，是石家莊一帶的。他到過很多省。哪裡有鮮花，就到哪裡去。菜花開的地方，玫瑰花開的地方，蘋果花開的地方，棗花開的地方。每年都到南方去過冬，廣西、貴州。到了春暖，再往北翻。我問他是不是棗花蜜最好，他說是荊條花的蜜最好。這很出乎我的意外。荊條是個不起眼的東西，而且我從來沒有見過荊條開花，想不到荊條花蜜卻是最好的蜜。我想他每年收入應當不錯。他說比一般農民要好一些，但是也落不下多少：蜂具，路費；而且每年要賠幾十斤白糖 —— 蜜蜂冬天不採蜜，得餵牠糖。

　　女人顯然是他的老婆。不過他們歲數相差太大了。他五十了，女

人也就是三十出頭。而且,她是四川人,說四川話。我問他:你們是怎麼認識的?他說:她是新繁縣人。那年他到新繁放蜂,認識了。她說北方的大米好吃,就跟來了。

有那麼簡單?也許她看中了他的脾氣好,喜歡這樣安靜平和的性格?也許她覺得這種放蜂生活,東南西北到處跑,好耍?這是一種農村式的浪漫主義。四川女孩子做事往往很灑脫,想咋個就咋個,不像北方女孩子有那麼多考慮。他們結婚已經幾年了。丈夫對她好,她對丈夫也很體貼。她覺得她的選擇沒有錯,很滿意,不後悔。我問養蜂人:她回去過沒有?他說:回去過一次,一個人,他讓她帶了兩千塊錢,她買了好些禮物送人,風風光光地回了一趟新繁。

一天,我沒有看見女人,問養蜂人,她到哪裡去了。養蜂人說,到我那大兒子家去了,去接我那大兒子的孩子。他有個大兒子,在北京工作,在汽車修配廠當工人。

她抱回來一個四歲多的男孩,帶着他在棚子裡住了幾天。她帶他到甘家口商場買衣服,買鞋,買餅乾,買冰糖葫蘆。男孩子在床上玩雞啄米,她靠着被窩用勾針給他勾一頂大紅的毛線帽子。她很愛這個孩子。這種愛是完全非功利的,既不是討丈夫的歡心,也不是為了和丈夫的兒子一家搞好關係。這是一顆很善良,很美的心。孩子叫她奶奶,奶奶笑了。

過了幾天,她把孩子又送了回去。

過了兩天,我去玉淵潭散步,養蜂人的棚子拆了,蜂箱集中在一起。等我散步回來,養蜂人的大兒子開來一輛卡車,把棚柱、木板、煤爐、鍋碗和蜂箱裝好,養蜂人兩口子坐上車,卡車開走了。

玉淵潭的槐花落了。

載一九九〇年第三期《散文》

【賞析】

　　中國文人喜以草木入詩作文，自古有之，屈原開創「香草美人」的傳統，以香草象徵高潔的品德。《詩經》更是大量運用植物類的意象，難怪孔子說：「何莫學夫詩？詩，可以興，可以觀，可以群，可以怨。邇之事父，遠之事君。多識於鳥獸草木之名。」（《論語·陽貨》）汪曾祺非常認同孔子的話，在〈葵·薤〉中說道：「這最後一點似乎和前面幾點不能相提並論，其實這是很重要的。草木蟲魚，多是與人的生活密切相關。對於草木蟲魚有興趣，說明對人也有廣泛的興趣。」這篇散文就反映了他對草木、對人的興趣。

　　陶淵明獨愛菊花，周敦頤鍾情蓮花，君子各有所愛，汪曾祺呢？他愛各種各樣的花花草草，尤其是那些名不經傳，遍野開滿，大量繁殖的普通品種。比如前面一篇小說裡提到的晚飯花，也就是野茉莉，雖然毫無姿態，看似低賤，卻能喚起作者無限的感情。又比如此篇寫到的山丹丹、枸杞、槐花。許多讀者都說自己是通過讀汪氏的文章認識各樣花草的，不就是這樣嗎？我們身邊栽種了各種各樣的植物，但是每次都是來去匆匆，或者坐在公園裡讀報紙、看手機。花就在身邊，卻沒有看見，看見了也不認識它，不知道花的名字，不知道花的品種、習性。汪曾祺，他懂，他喜歡，並且善於通過一些小故事來介紹它們。

　　山丹丹想必是內蒙古地區一種常見的花，香港卻不多見。此花顏色大紅，開滿時頗像香港常見的鳳凰木。文章裡提到的流行歌曲是一首陝北民歌，在廣東這邊，自然也沒有《茉莉花》為人熟悉。然而，在如此短小的篇幅裡，汪曾祺讓我們徹底了解山丹丹，還看見作者的草木之情。汪老本來挖了一棵山丹丹，想帶到別處栽種。聽到當地人說山丹丹長一年多開一朵花，就說：「山丹丹記得自己的歲數。」這是多麼可愛的說法，他把山

丹丹看作一個孩子，一個聰穎的孩子。後來想了想，還是讓它住在原來的地方，把它栽在藍色的黨參花旁邊，又擔心地問：「能活？」聽到能活，這東西皮實，馬上高興得哼起歌來。

「枸杞」、「槐花」這兩部分表面上寫花，實際上寫了兩段愛情故事。一段是一對甘於淡泊的老人如何一路走來，相互扶持，忍耐包容，等到退休之日，又可以踏青尋枸杞子，重拾兒時的樂趣；另一段寫一個為愛遠走他方的女人和她從事放蜂的丈夫之間的點滴，兩人年齡相差廿載，又不是同一個城市的人，女人卻甘心隨着他四處流浪，還接受男人的兒子、孫子。這兩段愛情，在汪老的眼裡，都是平凡卻叫人感動的。

文章結構別有用心。「枸杞」開篇汪老顯露了一下吃的學問，教了我們兩道做枸杞頭的方法，叫人垂涎。接着說到夏末秋初枸杞開淡紫色小花，誰也不注意。說誰也不注意，偏偏卻有一對老夫妻注意到了，還特意跑來撿枸杞子。如此開頭，既有趣味，又引人入勝。這兩個老人的故事未必如汪老所推測的，但是，看着這兩個彎着腰撿枸杞子的老人，又有誰會不同意他的推測呢？「玉淵潭洋槐花盛開，像下了一場大雪，白得耀眼。」引來了放蜂人。「玉淵潭的槐花落了。」養蜂人兩口子也走了。人間草木，盛衰有時，花開花落，猶如人之相遇相離。

汪曾祺是個性情中人，草木有情，有情人自能體會草木之情。他不止一次說過喜歡歸有光的〈項脊軒志〉，並以為其結尾寫得份外有情致。「庭有枇杷樹，吾妻死之年所手植也，今已亭亭如蓋矣。」歸有光思妻之情含蓄蘊藉，悠然不盡。他自己寫到摯愛的沈從文也是以草木作結：「沈先生家有一盆虎耳草，種在一個橢圓形的小小鈞窰盆裡。很多人不認識這種草。這就是《邊城》裡翠翠在夢裡採摘的那種草，沈先生喜歡的草。」（〈星斗其文，赤子其人〉）

「揉麵」
──談語言

【題解】

　　此篇為這本選集最後一篇文章，如果你覺得汪曾祺的小說或散文寫得不錯，想知道怎樣能寫出像他一樣好的作品，那就要仔細讀一下這篇有名的〈揉麵〉了。汪曾祺寫過不少談創作的文章，諸如〈小說的思想和語言〉、〈中國文學的語言問題〉、〈小說技巧常談〉、〈小說創作隨談〉、〈小說的散文化〉、〈談風格〉等等，這篇主要講語言的問題，通過鮮明生動的例子，道出語言的真諦及掌握語言的幾個竅門。

【文本】

語言是藝術

　　語言本身是藝術，不只是工具。

寫小說用的語言，文學的語言，不是口頭語言，而是書面語言。是視覺的語言，不是聽覺的語言。有的作家的語言離開口語較遠，比如魯迅；有的作家的語言比較接近口語，比如老舍。即使是老舍，我們可以說他的語言接近口語，甚至是口語化，但不能說他用口語寫作，他用的是經過加工的口語。老舍是北京人，他的小說裡用了很多北京話。陳建功、林斤瀾、中傑英的小說裡也用了不少北京話。但是他們並不是用北京話寫作。他們只是吸取了北京話的詞彙，尤其是北京人說話的神氣、勁頭、「味兒」。他們在北京人說話的基礎上創造了各自的藝術語言。

　　小說是寫給人看的，不是寫給人聽的。

　　外國人有給自己的親友讀自己的作品的習慣。普希金給老保姆讀過詩。屠格涅夫給托爾斯泰讀過自己的小說。效果不知如何。中國字不是拼音文字。中國的有文化的人，與其說是用漢語思維，不如說是用漢字思維。漢字的同音字又非常多。因此，很多中國作品不太宜於朗誦。

　　比如魯迅的《高老夫子》：

　　　　他大吃一驚，至於連《中國歷史教科書》也失手落在地上了，因為腦殼上突然遭到了什麼東西的一擊。他倒退兩步，定睛看時，一枝夭斜的樹枝橫在他的面前，已被他的頭撞得樹葉都微微發抖。他趕緊彎腰去拾書本，書旁邊豎着一塊木牌，上面寫道——

　　　　　　　　　桑
　　　　　　　桑　科

看小說看到這裡，誰都忍不住失聲一笑。如果單是聽，是覺不出那麼可笑的。

有的詩是專門寫來朗誦的。但是有的朗誦詩閱讀的效果比耳聽還更好一些。比如柯仲平的詩：

> 人在冰上走，
>
> 水在冰下流……

這寫得很美。但是聽朗誦的都是識字的，並且大都是有一定的詩的素養的，他們還是把聽覺轉化成視覺的（人的感覺是相通的），實際還是在想像中看到了那幾個字。如果叫一個不識字的，沒有文學素養的普通農民來聽，大概不會感受到那樣的意境，那樣濃厚的詩意。「老嫗都解」不難，叫老嫗都能欣賞就不那麼容易。「離離原上草」，老嫗未必都能擊節。

我是不太贊成電台朗誦詩和小說的，尤其是配了樂。我覺得這常常限制了甚至損傷了原作的意境。聽這種朗誦總覺得是隔着襪子撓癢癢，很不過癮，不若直接看書痛快。

文學作品的語言和口語最大的不同是精煉。高爾基說契訶夫可以用一個字說了很多意思。這在說話時很難辦到，而且也不必要。過於簡練，甚至使人聽不明白。張壽臣的單口相聲，看印出來的本子，會覺得很囉嗦，但是說相聲就得那麼說，才明白。反之，老舍的小說也不能當相聲來說。

其次還有字的顏色、形象、聲音。

中國字原來是象形文字，它包含形、音、義三個部分。形、音，是會對義產生影響的。中國人習慣於望「文」生義。「浩瀚」必非小

水，「涓涓」定是細流。木玄虛的《海賦》裡用了許多三點水的字，許多模擬水的聲音的詞，這有點近於魔道。但是中國字有這些特點，是不能不注意的。

説小説的語言是視覺語言，不是説它沒有聲音。前已説過，人的感覺是相通的。聲音美是語言美的很重要的因素。一個有文學修養的人，對文字訓練有素的人，是會直接從字上「看」出它的聲音的。中國語言因為有「調」，即「四聲」，所以特別富於音樂性。一個搞文字的人，不能不講一點聲音之道。「前有浮聲，則後有切響」，沈約把語言聲音的規律概括得很扼要。簡單地説，就是平仄聲要交錯使用。一句話都是平聲或都是仄聲，一順邊，是很難聽的。京劇《智取威虎山》裡有一句唱詞，原來是「迎來春天換人間」，毛主席給改了一個字，把「天」字改成「色」字。有一點舊詩詞訓練的人都會知道，除了「色」字更具體之外，全句聲音上要好聽得多。原來全句六個平聲字，聲音太飄，改一個聲音沉重的「色」字，一下子就扳過來了。寫小説不比寫詩詞，不能有那樣嚴的格律，但不能不追求語言的聲音美，要訓練自己的耳朵。一個寫小説的人，如果學寫一點舊詩、曲藝、戲曲的唱詞，是有好處的。

外國話沒有四聲，但有類似中國的雙聲疊韻。高爾基曾批評一個作家的作品，説他用「嘶」音的字太多，很難聽。

中國語言裡還有對仗這個東西。

中國舊詩用五七言，而文章中多用四六字句。駢體文固然是這樣，駢四儷六；就是散文也是這樣。尤其是四字句。四字句多，幾乎成了漢語的一個特色。沒有一篇文章找不出大量的四字句。如果有意避免四字句，便會形成一種非常奇特的拗體，適當地運用一些四字句，可以造成文章的穩定感。

我們現在寫作時所用的語言，絕大部分是前人已經用過，在文章裡寫過的。有的語言，如果知道它的來歷，便會產生聯想，使這一句話有更豐富的意義。比如毛主席的詩：「落花時節讀華章」，如果不知出處，「落花時節」，就只是落花的時節。如果讀過杜甫的詩：「岐王宅裡尋常見，崔九堂前幾度聞，正是江南好風景，落花時節又逢君」，就會知道「落花時節」就包含着久別重逢的意思，就可產生聯想。《沙家浜》裡有兩句唱詞：「壘起七星灶，銅壺煮三江」，是從蘇東坡的詩「大瓢貯月歸春甕，小杓分江入夜瓶」脫胎出來的。我們許多的語言，自覺或不自覺地，都是從前人的語言中脫胎而出的。如果平日留心，積學有素，就會如有源之水，觸處成文。否則就會下筆枯窘，想要用一個詞句，一時卻找它不出。

　　語言是要磨練，要學的。

　　怎樣學習語言？——隨時隨地。

　　首先是向群眾學習。

　　我在張家口聽見一個飼養員批評一個有點個人英雄主義的組長：

　　「一個人再能，當不了四堵牆。旗桿再高，還得有兩塊石頭夾着。」

　　我覺得這是很好的語言。

　　我剛到北京京劇團不久，聽見一個同志說：

　　「有棗沒棗打三桿，你知道哪塊雲彩裡有雨啊？」

　　我覺得這也是很好的語言。

　　一次，我回鄉，聽家鄉人談過去運河的水位很高，說是站在河堤上可以「踢水洗腳」，我覺得這非常生動。

　　我在電車上聽見一個幼兒園的孩子唸一首大概是孩子們自己編的兒歌：

山上有個洞，

洞裡有個碗，

碗裡有塊肉，

你吃了，我嚐了，

我的故事講完了！

　　他翻來覆去地唸，分明從這種語言的遊戲裡得到很大的快樂。我反復地聽着，也能感受到他的快樂。我覺得這首幾乎是沒有意義的兒歌的音節很美。我也捉摸出中國語言除了押韻之外還可以押調。「嚐」、「完」並不押韻，但是同是陽平，放在一起，產生一種很好玩的音樂感。

　　《禮記》的《月令》寫得很美。

　　各地的「九九歌」是非常好的詩。

　　只要你留心，在大街上，在電車上，從人們的談話中，從廣告招貼上，你每天都能學到幾句很好的語言。

　　其次是讀書。

　　我要勸告青年作者，趁現在還年輕，多背幾篇古文，背幾首詩詞，熟讀一些現代作家的作品。

　　即使是看外國的翻譯作品，也注意它的語言。我是從契訶夫、海明威、薩洛揚的語言中學到一些東西的。

　　讀一點戲曲、曲藝、民歌。

　　我在《說說唱唱》當編輯的時候，看到一篇來稿，一個小戲，人物是一個小爐匠，上場唸了兩句對子：

> 風吹一爐火，
> 錘打萬點金。

我覺得很美。

一九四七年，我在上海翻看一本老戲考，有一段灘簧，一個旦角上場唱了一句：

> 春風彈動半天霞。

我大為驚異：這是李賀的詩！

二十多年前，看到一首傣族的民歌，只有兩句，至今忘記不了：

> 斧頭砍過的再生樹
> 戰爭留下的孤兒。

巴甫連柯有一句名言：「作家是用手思索的。」得不斷地寫，才能捫觸到語言。老舍先生告訴過我，說他有得寫，沒得寫，每天至少要寫五百字。有一次我和他一同開會，有一位同志作了一個冗長而空洞的發言，老舍先生似聽不聽，他在一張紙上把幾個人的姓名連綴在一起，編了一副對聯：

> 伏園焦菊隱
> 老舍黃藥眠

一個作家應該從語言中得到快樂，正像電車上那個唸兒歌的孩子一樣。

　　董其昌見一個書家寫一個便條也很用心，問他為什麼這樣，這位書家說：「即此便是練字。」作家應該隨時鍛煉自己的語言，寫一封信，一個便條，甚至是一個檢查，也要力求語言準確合度。

　　魯迅的書信，日記，都是好文章。

　　語言學中有一個術語，叫做「語感」。作家要鍛煉自己對於語言的感覺。

　　王安石曾見一個青年詩人寫的詩，絕句，寫的是在宮廷中值班，很欣賞。其中的第三句是：「日長奏罷長楊賦」，王安石給改了一下，變成「日長奏賦長楊罷」，且說：「詩家語必此等乃健」。為什麼這樣一改就「健」了呢？寫小說的，不必寫「日長奏賦長楊罷」這樣的句子，但要能體會如何便「健」。要能體會峭拔、委婉、流利、安詳、沉痛……

　　建議青年作家研究研究老作家的手稿，捉摸他為什麼改兩個字，為什麼要把那兩個字顛倒一下。

　　「如魚飲水，冷暖自知」，語言藝術有時是可以意會，難於言傳的。

揉麵

　　使用語言，譬如揉麵。麵要揉到了，才軟熟，筋道，有勁兒。水和麵粉本來是兩不相干的，多揉揉，水和麵的分子就發生了變化。寫作也是這樣，下筆之前，要把語言在手裡反復搏弄。我的習慣是，打好腹稿。我寫京劇劇本，一段唱詞，二十來句，我是想得每一句都能

背下來，才落筆的。寫小說，要把全篇大體想好。怎樣開頭，怎樣結尾，都想好。在寫每一段之間，我是想得幾乎能背下來，才寫的（寫的時候自然會又有些變化）。寫出後，如果不滿意，我就把原稿扔在一邊，重新寫過。我不習慣在原稿上塗改。在原稿上塗改，我覺得很彆扭，思路紛雜，文氣不貫。

曾見一些青年同志寫作，寫一句，想一句。我覺得這樣寫出來的語言往往是鬆的，散的，不成「個兒」，沒有咬勁。

有一位評論家說我的語言有點特別，拆開來看，每一句都很平淡，放在一起，就有點味道。我想誰的語言不是這樣？拆開來，不都是平平常常的話？

中國人寫字，除了筆法，還講究「行氣」。包世臣說王羲之的字，看起來大大小小，單看一個字，也不見怎麼好，放在一起，字的筆劃之間，字與字之間，就如「老翁攜帶幼孫，顧盼有情，痛癢相關」。安排語言，也是這樣。一個詞，一個詞；一句，一句；痛癢相關，互相映帶，才能姿勢橫生，氣韻生動。

中國人寫文章講究「文氣」，這是很有道理的。

自鑄新詞

托爾斯泰稱讚過這樣的語言：「菌子已經沒有了，但是菌子的氣味留在空氣裡」，以為這寫得很美。好像是屠格涅夫曾經這樣描寫一棵大樹被伐倒：「大樹歎息着，莊重地倒下了。」這寫得非常真實。「莊重」真好！我們來寫，也許會寫出「慢慢地倒下」，「沉重地倒下」，寫不出「莊重」。魯迅的《藥》這樣描寫枯草：「枯草枝枝直立，有如銅絲」。大概還沒有一個人用「銅絲」來形容過稀疏瘦硬的秋草。

《高老夫子》裡有這樣幾句話：「我沒有再教下去的意思。女學堂真不知道要鬧成什麼樣子。我輩正經人，確乎犯不上醬在一起……」「醬在一起」，真是妙絕（高老夫子是紹興人。如果寫的是北京人，就只能說「犯不上一塊摻和」，那味道可就差遠了）。

我的老師沈從文在《邊城》裡兩次寫翠翠拉船，所用字眼不一樣。一次是：

> 有時過渡的是從川東過茶峒的小牛，是羊群，是新娘子的花轎，翠翠必爭着作渡船夫，站在船頭，懶懶的攀引纜索，讓船緩緩的過去。

又一次：

> 翠翠斜睨了客人一眼，見客人正盯着她，便把臉背過去，抿着嘴兒，不聲不響，很自負的拉着那條橫纜。

「懶懶的」、「很自負的」，都是很平常的字眼，但是沒有人這樣用過。要知道盯着翠翠的客人是翠翠所喜歡的儺送二老，於是「很自負的」四個字在這裡就有了很多很深的意思了。

我曾在一篇小說裡描寫過火車的燈光：「車窗蜜黃色的燈光連續地映在果園東邊的樹牆子上，一方塊，一方塊，川流不息地追趕着」；在另一篇小說裡描寫過夜裡的馬：「正在安靜地、嚴肅地咀嚼着草料」，自以為寫得很貼切。「追趕」、「嚴肅」都不是新鮮字眼，但是它表達了我自己在生活中捕捉到的印象。

一個作家要養成一種習慣，時時觀察生活，並把自己的印象用清

晰的、明確的語言表達出來。寫下來也可以。不寫下來，就記住（真正用自己的眼睛觀察到的印象是不易忘記的）。記憶裡保存了這種常用語言固定住的印象多了，寫作時就會從筆端流出，不覺吃力。

語言的獨創，不是去杜撰一些「誰也不懂的形容詞之類」。好的語言都是平平常常的，人人能懂，並且也可能說得出來的語言——只是他沒有說出來。人人心中所有，筆下所無。「紅杏枝頭春意鬧」，「滿宮明月梨花白」都是這樣。「鬧」字、「白」字，有什麼稀奇呢？然而，未經人道。

寫小說不比寫散文詩，語言不必那樣精緻。但是好的小說裡總要有一點散文詩。

語言要和人物貼近

我初學寫小說時喜歡把人物的對話寫得很漂亮，有詩意，有哲理，有時甚至很「玄」。沈從文先生對我說：「你這是兩個聰明腦殼打架！」他的意思是說這不像真人說的話。托爾斯泰說過：「人是不能用警句交談的。」

尼采的「蘇魯支語錄」是一個哲人的獨白。吉伯維的《先知》講的是一些箴言。這都不是人物的對話。《朱子語類》是講道德，談學問的，倒是談得很自然，很親切，沒有那麼多道學氣，像一個活人說的話。我勸青年同志不妨看看這本書，從裡面可以學習語言。

《史記》裡用口語記述了很多人的對話，很生動。「伙頤，涉之為王沉沉者！」寫出了陳涉的鄉人乍見皇帝時的驚歎（「伙頤」歷來的注家解釋不一，我以為這就是一個狀聲的感歎詞，用現在的字寫出來就是：「嗬咦！」）。《世說新語》裡記錄了很多人的對話，寥寥數

語，風度宛然。張岱記兩個老者去逛一處林園，婆娑其間，一老者說：「真是蓬萊仙境了也！」另一個老者說：「個邊哪有這樣！」生動之至，而且一聽就是紹興話。《聊齋志異·翩翩》寫兩個少婦對話：「一日，有少婦笑入！曰：『翩翩小鬼頭快活死！薛姑子好夢幾時做得？』女迎笑曰：『花城娘子，貴趾久弗涉，今日西南風緊，吹送來也——小哥子抱得末？』曰：『又一小婢子。』女笑曰：『花娘子瓦窰哉！——那弗將來？』曰：『方鳴之，睡卻矣。』」這對話是用文言文寫的，但是神態躍然紙上。

寫對話就應該這樣，普普通通，家常理短，有一點人物性格、神態，不能有多少深文大義。——寫戲稍稍不同，戲劇的對話有時可以「提高」一點，可以講一點「字兒話」，大篇大論，講一點哲理，甚至可以說格言。

可是現在不少青年同志寫小說時，也像我初學寫作時一樣，喜歡讓人物講一些他不可能講的話，而且用了很多辭藻。有的小說寫農民，講的卻是城裡的大學生講的話，——大學生也未必那樣講話。

不單是對話，就是敘述、描寫的語言，也要和所寫的人物「靠」。

我最近看了一個青年作家寫的小說，小說用的是第一人稱，小說中的「我」是一個才入小學的孩子，寫的是「我」的一個同桌的女同學，這未嘗不可。但是這個「我」對他的小同學的印象卻是：「她長得很纖秀。」這是不可能的。小學生的語言裡不可能有這個詞。

有的小說，是寫農村的。對話是農民的語言，敘述卻是知識份子的語言，敘述和對話脫節。

小說裡所描寫的景物，不但要是作者眼中所見，而且要是所寫的人物的眼中所見。對景物的感受，得是人物的感受。不能離開人物，單寫作者自己的感受。作者得設身處地，和人物感同身受。小說的顏

色、聲音、形象、氣氛,得和所寫的人物水乳交融,渾然一體。就是說,小說的每一個字,都滲透了人物。寫景,就是寫人。

契訶夫曾聽一個農民描寫海,說:「海是大的」。這很美。一個農民眼中的海也就是這樣。如果在寫農民的小說中,有海,說海是如何蒼茫、浩瀚、蔚藍……統統都不對。我曾經坐火車經過張家口壩上草原,有幾里地,開滿了手掌大的藍色的馬蘭花,我覺得真是到了一個童話的世界。我後來寫一個孩子坐牛車通過這片地,本是順理成章,可以寫成:他覺得到了一個童話的世界。但是我不能這樣寫,因為這個孩子是個農村的孩子,他沒有唸過書,在他的語言裡沒有「童話」這樣的概念。我只能寫:他好像在一個夢裡。我寫一個從山裡來的放羊的孩子看一個農業科學研究所的溫室,溫室裡冬天也結黃瓜,結西紅柿:西紅柿那樣紅,黃瓜那樣綠,好像上了顏色一樣。我只能這樣寫。「好像上了顏色一樣」,這就是這個放羊娃的感受。如果稍為寫得華麗一點,就不真實。

有的作者有鮮明的個人風格,可以不用署名,一看就知是某人的作品。但是他的各篇作品的風格又不一樣。作者的語言風格每因所寫的人物、題材而異。契訶夫寫《萬卡》和寫《草原》、《黑修士》所用的語言是很不相同的。作者所寫的題材越廣泛,他的風格也是越易多樣。

我寫《徙》裡用了一些文言的句子,如「嗚呼,先生之澤遠矣」,「墓草萋萋,落照昏黃,歌聲猶在,斯人邈矣」。因為寫的是一個舊社會的國文教員。寫《受戒》、《大淖記事》,就不能用這樣的語言。

作者對所寫的人物的感情、態度,決定一篇小說的調子,也就是風格。魯迅寫《故鄉》、《傷逝》和《高老夫子》、《肥皂》的感情很不一樣。對閏土、涓生有深淺不同的同情,而對高爾礎、四銘則是不

同的厭惡。因此,調子也不同。高曉聲寫《揀珍珠》和《陳奐生上城》的調子不同,王蒙的《説客盈門》和《風箏飄帶》幾乎不像是一個人寫的。我寫的《受戒》、《大淖記事》,抒情的成分多一些,因為我很喜愛所寫的人,《異秉》裡的人物很可笑,也很可悲憫,所以文體上也就亦莊亦諧。

我覺得一篇小説的開頭很難,難的是定全篇的調子。如果對人物的感情、態度把握住了,調子定準了,下面就會寫得很順暢。如果對人物的感情、態度把握不穩,心裡沒底,或是有什麼顧慮,往往就會覺得手生荊棘,有時會半途而廢。

作者對所寫的人、事,總是有個態度,有感情的。在外國叫做「傾向性」,在中國叫做「褒貶」。但是作者的態度、感情不能跳出故事去單獨表現,只能融化在敘述和描寫之中,流露於字裡行間,這叫做「春秋筆法」。

正如恩格斯所説:傾向性不要特別地説出。

一九八二年一月八日

載一九八二年第三期《花溪》

【賞析】

一直以來,我們以為語言就是一種工具,方便人與人溝通的工具而已。然而,汪曾祺告訴你不是這樣的,語言本身更是藝術,不只是工具。在文學的世界裡,語言甚至扮演生死攸關的角色。文章從四個方面講語言的問題,分別是:「語言是藝術」、「揉麵」、「自鑄新詞」、「語言要和人

物貼近」。第一部分可視為綜論，從漢字的特點入手，分析掌握語言的要訣，後三部分從不同側面進一步論述運用語言的竅門。

先來看第一點，這是關於語言的綜論，從漢字的結構，到音、調、聲、韻，以及對仗、字數、用典，逐點論說。首先，寫小說用的語言應該是書面語言，是視覺的語言。這不難理解，漢語並不是拼音文字，而是象形文字，每一個字都有特殊含意，能喚起某種想像，如文中提及的「『浩瀚』必非小水，『涓涓』定是細流」。現在我們流行朗誦詩歌和小說，有時候還會配上音樂。汪曾祺早早就指出小說不宜朗誦，朗誦詩閱讀的效果比耳聽還要好。道理很簡單，「聽」的話往往只聽到一個意思，「看」的話通過文字能生起多重聯想，因此顯得更美、更豐富、更有意境。除了視覺特徵，漢字還有聲韻調，富於音樂性。粵語保留九聲，平仄分明，雙聲疊韻，對仗，用典這幾項在古詩或近體詩裡多能體現。汪曾祺寫這麼多，是想告訴讀者，哪怕我們用現代漢語寫小說，也要了解漢字的特點，才能掌握好語言。後半部分幾乎都在舉例子，從毛主席的詩，到各式群眾的語言，再到現代作家、古代文人的作品，排山倒海地列出來，你還能不同意他的觀點嗎？可見汪氏是一個勤讀書、勤寫作，並且留心大街小巷各式人物語言的人。

此外，文章以第二部分的標題「揉麵」作此篇的題目，饒有深意。試看第三部分「自鑄新詞」，就知道作者想必非常滿意用「揉麵」這個詞來形容語言的使用。「自鑄新詞」就是用前人沒講過的話來形容某些事物、狀況，但這種「新」並不是杜撰一些誰也不懂的形容詞，而是用平常的語言道出別人意會到卻說不出的話。文中提及不少例子，如屠格涅夫寫大樹被伐倒時用的語言：「大樹歎息着，莊重地倒下了。」魯迅、沈從文、汪氏自己在小說裡用的語言，以及古詩「紅杏枝頭春意鬧」、「滿宮明月梨花白」中的「鬧」和「白」，都是極好的語言。回過頭來看「揉麵」，文

中寫道：

　　　　使用語言，譬如揉麵。麵要揉到了，才軟熟，筋道，有
　　勁兒。水和麵粉本來是兩不相干的，多揉揉，水和麵的分子就
　　發生了變化。寫作也是這樣，下筆之前，要把語言在手裡反復
　　搏弄。

　　如果同學有揉麵（也就是搓麵粉）的經驗，就知道首先水和麵粉的比例要
掌握得好，揉麵時又得使勁兒，有輕有重，要有耐心，直至麵團富有彈
性，才能做出好吃的麵條或麵包。「揉麵」是一個家常的用詞，誰能想到
把它和使用語言聯繫在一起呢？然而，用它來比喻使用語言又是那麼貼
切、具象。這就是新意，道人之所未道，叫人一讀難忘。

　　這篇文章裡還提到「筆法」、「文氣」、「語言要和人物貼近」，皆是
作文須注意之處，文中解說清晰，不乏生動例子。借汪氏的話總結一句：
「如果平日留心，積學有素，就會如有源之水，觸處成文。」